BIBLIOTHÈQUE BELLEVILLE
10400 av. de Belleville
Montréal-N

MR. NOBODY

Jaco Van Dormael

MR. NOBODY

Stock

Les dessins reproduits au cours de l'ouvrage
ont été réalisés par Jaco Van Dormael.

ISBN 978-2-234-06319-8

© Éditions Stock, 2006, 2010.

Ce scénario n'est pas encore tourné. J'aime lire les scénarios avant qu'ils ne deviennent un film. Rarement après. Je vous le donne à rêver. Avant qu'il ne pleuve le jour où il est écrit « ciel bleu ». Avant de prendre les ciseaux pour qu'il rentre dans le budget. Avant que le soleil ne se couche inexorablement sur les heures supplémentaires. Avant de plonger mes mains dans le joyeux bouillonnement du réel. Avant de faire semblant que ce qui m'a échappé a été voulu. Avant que ce scénario ne s'enrichisse de réalité, d'êtres humains, de vrais visages. Avant qu'il ne prenne corps à l'aide de rails, d'ampoules électriques, de planches et de clous. Ce jour-là, il cessera d'être mille, il sera un. Ce sera un film. Il ne sera plus rêvable. Il sera.

D'ici là, rêvez le vôtre. Faites votre casting, vos décors, vos lumières, vos sons. Vous trouverez peut-être ma version moins bonne. Vous aurez raison si la vôtre vous est plus personnelle. À vous de rêver.

INTÉRIEUR, LABORATOIRE – JOUR

ÉMISSION SCIENTIFIQUE, pendant le GÉNÉRIQUE :

Dans la cage d'un laboratoire, un pigeon pousse sur un bouton. Une graine tombe dans sa mangeoire. Il l'avale et répète l'opération. L'expérimentateur règle une minuterie : une graine tombe automatiquement toutes les vingt secondes. Le pigeon, qui battait des ailes, observe la graine...

          NEMO ADULTE (OFF)
Comme la plupart des êtres vivants, le pigeon associe en peu de temps le bouton sur lequel il appuie et la récompense. C'est le bon vieux réflexe de Pavlov. Mais lorsque c'est une minuterie qui fait tomber une graine automatiquement toutes les vingt secondes, le pigeon s'interroge : « Qu'est-ce que j'ai fait pour mériter ça ? » Si à ce moment il

battait des ailes, il va continuer inlassablement à battre des ailes, convaincu que son action a une influence déterminante sur ce qui lui arrive. On appelle cela la SUPERSTITION DU PIGEON.

Le pigeon bat des ailes inlassablement et les graines tombent automatiquement dans sa mangeoire.

FIN DU GÉNÉRIQUE ET TITRE : *MR NOBODY*

PROLOGUE

Une morgue. Un corps anonyme. Il ne porte qu'une seule chaussure, trop petite pour lui. La porte de la chambre froide se referme sur lui.

NEMO ADULTE (OFF)
Qu'est-ce que j'ai fait pour mériter ça ?

Un homme de trente-cinq ans – NEMO – ouvre les yeux. Il court sur des rails de chemin de fer. Dans un bruit assourdissant, un train fonce sur lui en l'aveuglant. Au moment d'être écrasé, il se réveille...

Il ouvre les yeux. Il est au volant d'une voiture, attaché par sa ceinture de sécurité, sous l'eau d'une rivière. La vitre éclate et l'eau s'engouffre dans la voiture... Il se noie...

Il se réveille sous l'eau, se redresse... Il est dans son bain. Il tousse, crache l'eau. Un inconnu ouvre la porte et lui tire dessus en pleine poitrine...

Il se réveille. Signal d'alerte. Il est aux commandes d'un vaisseau spatial. Des météorites s'écrasent sur la carlingue, le cockpit vole en éclats. Il est aspiré dans le vide...

Il se réveille. Il est en chute libre, en robe de chambre, tournoyant dans le vide. Sous lui, une piscine. Vide...

Il se réveille. Il est en train de courir dans l'obscurité, sur une route de campagne, sous la pluie. On entend une sonnerie de passage à niveau. Soudain une voiture débouche et fonce sur lui. Il est projeté en l'air et retombe inanimé sur le sol...

Il se réveille. Il s'était endormi au volant de sa voiture. Il roule sur une route de campagne mal éclairée, sous la pluie. Soudain un piéton apparaît dans la lueur de ses phares. C'est lui-même, Nemo. Il renverse le piéton, dérape et s'écrase contre le passage à niveau. Tout s'immobilise. L'airbag s'ouvre trop tard. Il y est écrit : GAME OVER. Sonnerie du passage à niveau.

INTÉRIEUR, CHAMBRE D'HÔPITAL – NUIT

Un réveil sonne. La main d'un vieil homme tâtonne, renverse le réveil, l'éteint. Le vieil homme marche maladroitement dans le noir, en se cognant. Il voit ses vêtements sur une chaise, à côté d'une paire de pantoufles. Il va jusqu'au lavabo. Il allume la lumière et voit brusquement le reflet de son visage dans le miroir. C'est Nemo. Il est extrêmement vieux. Il a cent vingt ans... Il touche son visage en tremblant, l'air catastrophé. Il panique.

NEMO VIEUX
Non... NON...

INTÉRIEUR, CABINET DU PSYCHIATRE – JOUR

Point de vue subjectif. Face à nous, un psychiatre, le Dr FELDHEIM, bienveillant, la cinquantaine, nous regarde. Il prend des notes, assis sur une chaise. Une petite caméra vidéo filme l'entretien. Les mots de la conversation s'écrivent tout seuls sur ce qui ressemble à un ordinateur.

LE MÉDECIN
Comment allez-vous depuis la semaine passée ?

NEMO (OFF)
Nous nous connaissons ?

LE MÉDECIN
Nous nous voyons chaque semaine.

NEMO (OFF)
Ah oui, bien sûr... Depuis quand ?

LE MÉDECIN
Je m'appelle docteur Feldheim. Et vous ?

NEMO (OFF)
Nobody. Nemo Nobody.

LE MÉDECIN
C'est peu courant comme nom. Vous ne trouvez pas ?

NEMO (OFF)
C'est le mien. Parfois ici on m'appelle Mr Craft. *Can't Remember A Fucking Thing.*

Le médecin sourit, amusé.

LE MÉDECIN
Quelle est la première question que je vous ai posée ?

NEMO (OFF)
Je ne sais pas.

LE MÉDECIN
Vous pouvez me dire votre âge ?

NEMO (OFF)
Trente-six ans. Je suis né en 1972.

LE MÉDECIN
Est-ce que vous voulez bien regarder vos mains ? Vous n'êtes pas obligé si vous ne voulez pas.

Les mains de Nemo entrent dans le champ, dans le point de vue subjectif. Ses mains sont vieilles et ridées. Il tremble.

LE MÉDECIN
Il y a un miroir devant vous, si vous voulez.

Nemo ne veut pas regarder. Il se cache les yeux.

LE MÉDECIN
Quelle année sommes-nous ?

NEMO
2008... Nous sommes en 2008... J'ai trente-six ans, je suis né le 9 février 1972...

LE MÉDECIN
On dirait que c'est votre anniversaire.

Le médecin lui tend un journal : c'est un mince et léger écran souple à cristaux liquides... Nemo regarde la date sur le « journal » où s'entrecroisent des textes et des images animées. Il est écrit 9 FÉVRIER 2092. Il y a une photo de Nemo vieux en première page, avec le titre : LE DERNIER MORTEL.

NEMO
J'ai trente-six ans !... Il faut que je me réveille !... Que je me réveille !...

On entend une sonnerie de réveil.

INTÉRIEUR, CHAMBRE DE NEMO ADULTE – JOUR

Nemo se réveille en sursaut. Son réveil sonne. Nemo a trente-six ans. Il reprend sa respiration. Sa femme, ÉLISE, dort à côté de lui. Il entrouvre les rideaux.

ÉLISE
Nemo, non... Le soleil me fait mal aux yeux.

Il referme les rideaux et va dans la salle de bains. Il allume. Il se regarde dans la glace, rassuré.

Suite du GÉNÉRIQUE en surimpression sur :

INTÉRIEUR, CHEZ NEMO ET ÉLISE – JOUR

Musique. Avec des gestes rodés, Nemo met la table du petit déjeuner pour cinq. Il presse des oranges, fait cuire des œufs. Il est de bonne humeur. Il réveille les trois enfants, JOYCE, douze ans, ÈVE, huit ans, et NOÉ, six ans. Il les fait s'habiller avec entrain. Il les fait rire.

NEMO
(crie dans l'escalier)
Je vais conduire les enfants.
Noé, mets ton manteau.

Nemo ramasse le courrier sous la porte et l'examine machinalement.

EXTÉRIEUR, RUES DE LA VILLE – JOUR

Nemo dépose les enfants devant leur école. Ils s'embrassent. Nemo redémarre. Il regarde sa montre. Le cadran de sa montre est étrangement divisé en sept heures au lieu de douze. Il regarde l'horloge du clocher. Son cadran aussi est divisé en sept. Nemo est intrigué.

Il tourne le coin et arrive dans une large avenue bordée de buildings. Le bout de l'avenue est en travaux. Les ouvriers le regardent. Les rares voitures sont arrêtées. Nemo sort de sa voiture. Sur un building, une enseigne lumineuse fait défiler des lettres géantes parmi les publicités :... N... E... M... O...... R... E... T... O... U... R... N... E...-... T... O... I... Nemo regarde, intrigué. Les gens dans la rue le dévisagent. Nemo se retourne et voit un clochard de l'autre côté de la rue. Le clochard a le visage de Nemo. Nemo n'en revient pas.

             NEMO
Hé !

Le clochard continue sa route en traînant ses affaires derrière lui. Le clochard pénètre dans un bâtiment en travaux. Nemo traverse la rue et entre dans le bâtiment. Un gardien tente de le retenir, mais Nemo le bouscule.

De l'autre côté du bâtiment, il n'y a rien. La façade est un décor de panneaux et de planches portés par des arcs-boutants. Derrière, il y a la plage, puis la mer.

La mer est découpée en énormes blocs soulevés par des hélicoptères. Ceux-ci sont en train d'assembler la mer. Sonnerie de réveil au loin.

INTÉRIEUR, CHAMBRE DE NEMO ADULTE
– JOUR

Nemo se réveille en sursaut. Sonnerie du réveil. La scène est identique. Élise dort à côté de lui. Nemo fait les mêmes gestes. Il entrouvre les rideaux.

ÉLISE
Nemo, non... Le soleil me fait mal aux yeux.

Nemo referme les rideaux. Nous restons avec Élise qui lui tourne le dos. Elle a les yeux ouverts. Des larmes coulent sur sa joue. Nemo ne l'a pas vue pleurer. Il veut allumer dans la salle de bains, mais étrangement l'interrupteur n'est plus à gauche de la porte, mais à droite. Nemo se regarde dans la glace.

INTÉRIEUR, CHEZ NEMO ET ÉLISE – JOUR

Nemo presse des oranges. Il a moins d'entrain que la fois précédente. Il fait tomber de la coquille d'œuf dans l'omelette. Il réveille les trois enfants. Il les fait s'habiller.

Au moment où Nemo arrive à la porte pour prendre le courrier, il voit qu'on glisse une grande enveloppe sous celle-ci. Nemo regarde, intrigué. Il jette un coup d'œil par la fenêtre. Il a juste le temps de voir un vieil homme en costume de facteur. L'homme ressemble à Nemo vieux, il marche à reculons, à « rebrousse-temps ».

Nemo ouvre l'enveloppe. Il en sort une photographie qui le représente, habillé et coiffé autrement, dans un grand jardin, entouré de deux enfants et d'une femme inconnue... Nemo ne comprend pas. Ses enfants sont en train de courir autour de lui en jouant et en criant. Il n'arrive pas à quitter la photo des yeux.

                NEMO
      Paul, arrête de faire du bruit !

Le petit garçon, dont le tee-shirt porte l'inscription Noé, s'arrête et regarde son père.

                NOÉ
      Je m'appelle pas Paul !

                NEMO
      Paul ?

Nemo ferme les yeux.

EXTÉRIEUR, JARDIN DE NEMO ET JEANNE – JOUR

              PAUL (OFF)
      Papa ?.... Papa ?

              JEANNE (OFF)
      Paul, ne réveille pas ton père !

Nemo ouvre les yeux. Un petit garçon de sept ans, PAUL, le regarde. Nemo était endormi sur une chaise longue, au bord d'une piscine dans une grande propriété, un jus de fruits à la main. Nemo voit s'approcher la femme de la photo, JEANNE.

NEMO
Anna ?

Nemo est effrayé. La femme a l'air étonné.

JEANNE
C'est moi, Jeanne...

NEMO
Jeanne ?.... Est-ce que je suis mort ?

JEANNE
Retourne jouer, Paul.
(Paul s'éloigne)
Qui est Anna ?

NEMO
Anna ? Je ne connais pas d'Anna.

JEANNE
Tu es encore fatigué, Nemo. Il faut que tu te reposes.

Elle le regarde, un instant silencieuse.

JEANNE
J'allume la télévision. Appelle si tu as besoin de moi. Je rentre, le soleil me fait mal aux yeux.

NEMO
Pardon ?

JEANNE
Le soleil me fait mal aux yeux.

Elle allume une télévision sur un meuble de jardin. Elle cherche les cours de la Bourse et s'en va. Nemo zappe. Les images d'un gigantesque accident. Des dizaines de voitures sont en train de flamber sur un pont. Nemo zappe. Il passe sur un documentaire animalier. Une gazelle se fait encercler par des lionnes. Les lionnes s'approchent, menaçantes. À l'arrière-plan, sur le même rythme, des silhouettes sombres s'approchent de Nemo.

JEANNE
Nemo, tes amis sont là, avec mon père.
(elle embrasse son père)
Bonjour papa.
(il ne dit rien)

Les silhouettes encerclent Nemo. Celui-ci ne les regarde pas. L'un des hommes s'accroupit et se place dans son champ de vision.

> L'HOMME EN NOIR
> Bonjour Nemo, comment te sens-tu aujourd'hui ?

> NEMO
> ...

> L'HOMME EN NOIR
> Est-ce que tu sais qui je suis ?

Nemo ne répond pas. Il essaie de continuer à regarder la télévision.

> L'HOMME EN NOIR
> Nous sommes tous très inquiets pour toi, Nemo. Tout le monde souhaite que tu reviennes vite au bureau.

Un autre homme plus âgé, le PÈRE DE JEANNE, se penche vers Nemo, grave.

> LE PÈRE DE JEANNE
> C'est la dégringolade. Il faut vendre, Nemo. C'est toi qui as le code. On a besoin de toi.

Nemo ne bronche pas.

> LE PÈRE DE JEANNE
> *(énervé)*
> ... Le code, Nemo... Est-ce que tu te souviens du code ?

FLASH. EXTÉRIEUR, RUE D'ANNA ADULTE
– JOUR

Des bribes de chiffres. Puis le chiffre 12358 sur la façade d'une maison.

INTÉRIEUR, HÔPITAL – JOUR

Nemo vieux est endormi. Des capteurs sont accrochés à son front et reliés à une machine. Des chiffres défilent. Des aiguilles s'agitent et dessinent des pics. Deux ombres blanches s'approchent de lui.

                    LE MÉDECIN (OFF)
  Il rêve.

Les globes oculaires de Nemo sont agités.

EXTÉRIEUR, QUAI DE GARE – JOUR

Des pieds d'enfant qui courent. Nemo enfant a sept ans. Il court sur le quai pour rattraper un train qui s'en va.

INTÉRIEUR, COULOIRS DE L'HÔPITAL
– JOUR

Les pieds des infirmiers marchent sur le carrelage. On pousse Nemo vieux à travers les couloirs de l'hôpital sur un lit à roulettes, relié à des baxters.

INTÉRIEUR, SALLE DE CONFÉRENCE
DE PRESSE – JOUR

Les portes s'ouvrent. Une foule de journalistes est là qui l'attend. Des scanners d'appareils photo balaient Nemo qui regarde, étonné, couché sur son lit. Plusieurs petites caméras miniaturisées flottent en l'air autour de lui. On s'agite, on le filme. Les journalistes ont des caméras miniaturisées accrochées à l'œil. D'autres reproduisent des images en relief. Ils ont tous la trentaine et pas une ride, presque tous habillés de même. Il y a plusieurs clones parmi eux. Par la baie vitrée, on voit la mégalopole.

INTÉRIEUR, VILLE/DIVERS – JOUR

L'image est retransmise à la télévision. Les clients d'un café regardent l'écran. Certains tiennent des cochons domestiques en laisse.

Des voyageurs sur le quai d'une gare regardent les images à la télévision. Un présentateur tiré à quatre épingles et trop maquillé sourit devant un titre scintillant de toutes les couleurs. Il tient un petit cochon sur les genoux, un nœud rose autour du cou. Des publicités passent en même temps dans les coins de l'écran. À l'arrière-plan se dresse l'hôpital.

>LE PRÉSENTATEUR
>Ici Julian Marchall en direct de l'hôpital de New New York. C'est bientôt la dernière émission de notre série LES DERNIERS MORTELS. Depuis la Quasi-Immortalité nous prolongeons indéfiniment le renouvellement des cellules. Mr Nobody, à près de cent vingt ans, n'a pas été télomérisé. Il n'a pas non plus près de lui son merveilleux petit cochon compatible donneur d'organes. Préparez-vous à assister à un événement historique, en exclusivité sur WWB : Mr Nobody sera le dernier homme à mourir de mort naturelle. Mr Nobody sera LE DERNIER MORTEL !

Gingle tonitruant. Lumières de toutes les couleurs. Gros plans sur le visage de Nemo, qui a du mal à suivre ce qui se dit.

INTÉRIEUR, SALLE DE CONFÉRENCE DE PRESSE – JOUR

Des micros se tendent de tous côtés vers le vieux Nemo. Des questions fusent.

JOURNALISTE 1
On n'a retrouvé aucune trace de votre identité dans les registres nationaux. Rien qui concerne votre passé. Comment expliquez-vous cela ?

LE MÉDECIN
Les souvenirs de notre patient sont confus et contradictoires. Rien ne s'est vérifié. Nous ne savons pas qui est Mr Nobody, et lui non plus.

JOURNALISTE 2
Pouvez-vous expliquer à nos spectateurs à quoi ressemblait le monde d'avant ? Avant la Quasi-Immortalité ?

Nemo ne répond pas.

LE MÉDECIN
Notre patient n'a qu'une mémoire très partielle de son passé. Mais il n'est pas rare qu'à un certain stade de la maladie les souvenirs lointains reviennent avec précision.

INTÉRIEUR, DIVERS – JOUR

Un jeune couple devant sa télévision... Des policiers dans un commissariat regardent l'émission... Une vieille dame avec son chien... Un écran géant au sommet d'un building retransmet l'émission...

LE PRÉSENTATEUR
Faut-il laisser Mr Nobody s'éteindre de mort naturelle ? Faut-il prolonger artificiellement son existence ? Vous pourrez voter en appuyant sur « X » pour une prolongation artificielle, sur « zéro » pour laisser faire la nature. Et maintenant une page de publicité.

EXTÉRIEUR, IMAGE TV – JOUR

Le présentateur laisse place à une publicité pour des vacances sur Mars. On voit une famille souriante parcourir un désert rouge sur un véhicule futuriste. Ils ont des vélos sur le toit. Ils s'émerveillent du paysage.

VOIX OFF
Vous aussi prenez des vacances sur Mars pour le plus grand plaisir des petits et des grands. Et économisez soixante mille unités si vous passez votre commande avant la fête de l'Union.

INTÉRIEUR, SALLE DE RÉDACTION D'UN JOURNAL – NUIT

La salle est plongée dans une semi-obscurité. Quelques silhouettes se découpent sur des grandes fenêtres. On ne voit pas leurs visages.

RÉDACTEUR EN CHEF
Ce type fait une audience maximum et on n'a rien à raconter. Pas de passé. Rien. Il me faut des éléments. Un profil. Une histoire. Ce type n'est pas apparu de nulle part.

JEUNE JOURNALISTE
Il est là depuis presque toujours. J'ai vérifié. Il n'a jamais eu de permis de conduire. Jamais d'abonnement au téléphone ou à l'électricité. Officiellement il n'existe pas.

RÉDACTEUR EN CHEF
Cherchez. Il doit forcément y avoir une piste. Débrouillez-vous, mais je veux des éléments.

INTÉRIEUR, CABINET DU MÉDECIN – JOUR

Nemo vieux est à nouveau face à son médecin.

LE MÉDECIN
Nous pouvons tenter autre chose. Je pense à une méthode ancienne. Je ne promets rien. Il se peut que des bribes de souvenirs reviennent, il se peut aussi qu'il ne se passe rien. Êtes-vous d'accord pour essayer ?

Nemo acquiesce de la tête.

Le médecin place devant les yeux de Nemo une petite sphère métallique et brillante qui reste suspendue en l'air. Puis elle commence à se balancer, tout près, de gauche à droite, de droite à gauche...

LE MÉDECIN (OFF)
Vous n'entendez plus que ma voix... vous êtes détendu...

... des pieds d'enfant qui courent sur le quai d'une gare... des rails défilent tout près, en dessous de nous... des branches sont balancées par le vent... une goutte se détache d'un robinet... Le pendule oscille tout près.

LE MÉDECIN (OFF)
... vos paupières deviennent lourdes... tous vos membres deviennent lourds... je vais compter jusqu'à trois... quand je dirai trois, vous dormirez... Un...

Une branche se balance, vue à travers une fenêtre... nous reculons et rentrons dans une chambre d'enfant.

LE MÉDECIN (OFF)
... deux...

Une caresse sur la joue... le visage d'une femme, ANNA...

INTÉRIEUR, SHOWROOM – JOUR

LE MÉDECIN (OFF)
Souvenez-vous du jour où vous êtes arrivé ici... Trois.

Nemo adulte se réveille en sursaut. Il est couché sur un lit et regarde autour de lui. La chambre nous est inconnue, extrêmement propre et ordonnée. Nemo remarque une étiquette avec un prix attachée à la lampe de chevet. Nemo prend ses vêtements sur la chaise. Il s'habille en regardant autour de lui.

Un couple entre, en manteau, un enfant à la main. Ils regardent Nemo avec étonnement. Nous sommes dans un immense showroom de chambres à coucher. Nemo, désemparé, traverse le magasin et court vers la sortie.

EXTÉRIEUR, RUE DU SHOWROOM – JOUR

Nemo sort du showroom. La rue est étrangement déserte, pas une voiture, pas un passant. De l'autre côté, une balançoire accrochée à un arbre oscille de gauche à droite. Un mouvement qui rappelle le pendule.

          LE MÉDECIN (OFF)
... Rappelez-vous encore plus loin... quand je dirai trois... Un... deux...

Nemo lève les yeux. Dans le ciel, un petit avion tire une banderole publicitaire. Il y est écrit : TROIS.

EXTÉRIEUR, QUAI DE GARE – JOUR

Nemo enfant a sept ans. Il court sur le quai pour rattraper un train qui s'en va.

          LE MÉDECIN (OFF)
   Rappelez-vous...

INTÉRIEUR, LIMBES – JOUR

Tout est blanc. On ne devine que quelques formes à travers la blancheur... Des enfants nus déambulent au ralenti... Il y a des piscines d'eau fumantes... Des têtes d'enfants dépassent de l'eau.

          NEMO VIEUX (OFF)
Je peux me souvenir d'il y a très longtemps... bien avant ma naissance...

NEMO ENFANT (OFF)
(se superpose, décalée)
... bien avant ma naissance... J'attendais avec ceux qui n'étaient pas nés. Quand on n'est pas né, on sait tout...

Un enfant est assis dans cette blancheur. Il attend. C'est Nemo enfant. On s'avance vers sa bouche.

NEMO ENFANT
... Tout ce qui va arriver.

Il n'a pas de sillon à la lèvre supérieure. D'autres enfants se promènent. Une licorne passe. Une lumière s'approche des enfants, qui lèvent les yeux.

NEMO ENFANT (OFF)
Quand c'est votre tour, l'Ange de l'Oubli met un doigt sur votre bouche. Chut. Ça laisse une marque au-dessus de la lèvre. Ça veut dire que vous avez tout oublié. Moi, il m'a passé.

Un ange vole au-dessus des enfants et leur place l'un après l'autre un doigt sur la bouche. Quand il retire le doigt, il y a un petit sillon vertical sur la lèvre supérieure. L'Ange de l'Oubli oublie Nemo. Le visage de Nemo s'enfonce dans l'eau avec les autres. Des corps d'enfants flottent sous l'eau. Tout devient blanc.

EXTÉRIEUR, CIEL – JOUR

Les nuages s'écartent pour laisser voir la Terre en dessous...

> NEMO ENFANT (OFF)
> Alors il faut trouver un papa et une maman. Ce n'est pas facile de choisir.

INTÉRIEUR, DIVERS – JOUR

Suit une série d'interviews, comme un casting. Des couples de toutes sortes, assis sur leur divan, s'adressent à la caméra.

Un couple chic, trop souriant :

> LA FEMME DU COUPLE SOURIANT
> C'est tellement mignon quand c'est petit...

> L'HOMME DU COUPLE SOURIANT
> ... avec ces petites chaussures...

> LA FEMME DU COUPLE SOURIANT
> On aimerait bien qu'il soit champion de tennis.

Un couple timide essaie de maîtriser un petit garçon qui se débat. Il reçoit une fessée.

> LA FEMME DU COUPLE TIMIDE
> Ce serait bien que l'aîné ne soit pas tout seul...

Un couple triste. L'homme est saoul.

> LA FEMME DU COUPLE TRISTE
> Je crois que ça aiderait mon mari si on avait un enfant. On l'appellerait Georges. Hein, Georges ! On avait un chien, mais il est mort.

Deux hommes qui se tiennent la main...

> L'HOMME
> C'est important de vivre ça.

Un couple de vieux Texans, en chapeaux de cow-boys.

> LE VIEUX TEXAN
> Blond avec des yeux bleus. C'est tout ce que je demande.

Un couple d'Esquimaux parle en esquimau. On ne comprend pas.

Un couple d'adolescents.

> L'ADOLESCENTE
> Ce n'est pas qu'on veut un enfant, mais on a couché ensemble.

Un couple désabusé.

> L'HOMME DÉSABUSÉ
> C'est normal d'y penser quand on a un certain âge, pour une femme du moins.
>
> LA FEMME DÉSABUSÉE
> C'est quand même le sens...
>
> L'HOMME DÉSABUSÉ
> *(l'interrompt)*
> ... de la vie. Je n'ai pas terminé, chérie. C'est quand même le sens de la vie.

Un couple tout simple regarde la caméra. Ils ne savent pas quoi dire. Ils se taisent. Ils se tiennent la main.

> NEMO ENFANT (OFF)
> Finalement, j'ai choisi ceux-là. Parce que la dame sentait bon. Alors le monsieur a dit :
>
> LE PÈRE
> Bon, je vais vous raconter comment nous nous sommes rencontrés. Est-ce que vous avez entendu parler de l'effet papillon ?

EXTÉRIEUR, JAPON – JOUR

C'est le printemps au Japon. Quelques Japonais traversent un parc. Un papillon est posé sur une fleur. Il bat des ailes et s'envole. Le vent agite doucement les

feuilles d'un arbre. Les nuages bougent dans le ciel.
Les courants se mélangent à d'autres courants venus
des mers...

EXTÉRIEUR, OCÉAN – JOUR

Nous survolons l'océan, les nuages. Les nuages rencontrent d'autres nuages. Le temps devient orageux.

EXTÉRIEUR, RUE DE NEMO ENFANT – JOUR

On descend sur une petite cité en Angleterre. C'est l'automne. Une feuille virevolte, passe au-dessus des toits... Nous la suivons. Elle survole le PÈRE DE NEMO. Une jeune femme qui marche en sens inverse, la MÈRE DE NEMO. La feuille se pose juste sous le pied du père de Nemo, qui glisse et tombe. La jeune femme court pour l'aider à se relever. Ils se regardent dans les yeux. C'est le coup de foudre. Un éclair dans le ciel.

> NEMO ENFANT (OFF)
> Il était une fois un papa et une maman
> qui s'appelaient le papa et la maman. Ils
> ont trouvé un mignon petit bébé et ils
> l'ont appelé le mignon petit bébé.

Bruit de rires. Le papa et la maman font l'amour sur le divan du salon. Sur l'écran de la télévision passe le tirage du Bingo. Les boules tournent, sortent du panier. Une présentatrice montre les numéros :

>SPEAKERINE
>Et les numéros gagnants sont le 1, le 2, le 3, le 5, le 8, le 13, le 21, le 34 et le 55. *(applaudissements)*

PRISE DE VUE MICROSCOPIQUE

Des milliers de spermatozoïdes s'agitent frénétiquement dans la course vers l'ovule. Finalement un seul spermatozoïde arrive jusqu'à l'ovule et le pénètre.

>NEMO ENFANT (OFF)
>Alors le papa dit :

INTÉRIEUR, MAISON DE NEMO ENFANT – JOUR

Le visage du père qui articule une phrase. C'est la voix de Nemo enfant qu'on entend, parfaitement synchronisée :

>LE PÈRE
>*(avec la voix de Nemo enfant)*
>Une chance sur cinq cents millions de naître ! C'est comme si on avait tous

gagné le superjackpot. La plus grande victoire de toute la vie.

PRISE DE VUE ENDOSCOPIQUE

Gros plan de divisions cellulaires. La cellule se divise en deux, quatre, huit, seize... Visage du fœtus, recroquevillé sur lui-même. Il ouvre les yeux.

MAQUETTE

En maquette, la rue de Nemo enfant. Des jolies petites maisons qui se ressemblent, entourées de jardins. Une main d'enfant y place une petite voiture. Braillements de bébé.

NEMO ENFANT (OFF)
Le petit bébé est né là. Il est né ce jour-là et pas un autre. Ses parents sont ceux-là. Pourquoi ? Parce que c'est comme ça. Le bébé peut toujours pleurer, ça ne va rien changer. *From sperm to worm.* Son papa et sa maman habitent au numéro 7.

Un chiffre indique « 7 » sur le mur de la maison.

INTÉRIEUR, MAISON DE NEMO ENFANT – JOUR

Une brosse à cheveux. Les lèvres de la mère sur lesquelles elle se passe du rouge à lèvres. La maman qui chante une chanson. La main du bébé qui soulève la manche du père pour toucher la montre.

> NEMO ENFANT (OFF)
> La maman a une brosse pour les cheveux et du rouge à lèvres. Elle sent bon. Elle chante une chanson. *Eeney, meaney, miney, mo catch a tiger by the toe...* Le papa a une montre sur le bras et des poils. Ça fait tic-tac. Il attrape les mouches.

Une mouche sur la table. La main du père s'approche lentement puis la saisit au moment où elle s'envole. Le père ouvre la fenêtre et la libère dehors.

> NEMO ENFANT (OFF)
> Tout ce qu'on voit existe. On peut le voir. La table s'appelle « table », la chaise s'appelle « chaise ». On peut les voir. Le petit bébé peut voir papa et maman.

Le père et la mère se penchent sur nous.

> NEMO ENFANT (OFF)
> Je peux voir les yeux de maman mais je peux pas voir mes yeux. Le petit bébé peut voir ses mains mais il peut pas se

voir lui. Alors est-ce qu'il existe vraiment ? *Est-ce que j'existe vraiment ?*

Les mains du bébé vues d'un point de vue subjectif. Nemo regarde son ombre sur le sol qui bouge en même temps que lui. L'ombre se déplace sur le sol, sur les murs. Il essaie de marcher dessus. Il se pince lui-même. Puis il mord le bras de sa maman.

NEMO ENFANT (OFF)
Si le bébé se pince, il a mal. S'il mord maman, il a pas mal.

Il regarde le reflet de son visage dans un miroir sale. Le bébé fait ses premiers pas puis tombe. La maman applaudit. Ravi, le bébé se laisse de nouveau tomber.

NEMO ENFANT (OFF)
Si le bébé tombe, la maman tape dans ses mains. Elle dit « bravo ».

La mère tombe dans l'escalier avec une manne de linge. Elle se fait mal. Le bébé applaudit. Il reçoit une fessée.

FLASH

Anna, cinq ans, sur une balançoire.

NEMO ENFANT (OFF)
Pourquoi est-ce que je suis moi et pas quelqu'un d'autre ? Pourquoi est-ce que ce qui existe existe ? Pourquoi est-ce qu'on se souvient du passé et pas du futur ? Quand on demande à maman, elle dit :

La mère, débordée par le ménage, dit en passant l'aspirateur :

LA MÈRE
(avec la voix de Nemo enfant)
Arrête de demander « pourquoi ? ». C'est compliqué.

NEMO ENFANT (OFF)
Les mamans travaillent pas.

EXTÉRIEUR/INTÉRIEUR, STATION MÉTÉOROLOGIQUE – JOUR

NEMO ENFANT (OFF)
Les papas travaillent.

Le père est assis dans le bureau de la station, entouré de machines et d'ordinateurs à lampes. Il lit le bulletin météo au téléphone, d'une voix enjouée.

LE PÈRE
Demain l'anticyclone venu des Açores nous apportera le soleil tout le week-end. Tous à vos barbecues !

EXTÉRIEUR, RUE DE NEMO ENFANT (1977) – JOUR

Coup de tonnerre sous un ciel gris. Nemo a cinq ans. Il marche sur le trottoir en tenant la main de son papa. Soudain il tombe des cordes. Le père ouvre un parapluie. Ils croisent des voisines sur l'autre trottoir qui rentrent table et chaises dans la maison, laissant le barbecue sous la pluie. Le père salue poliment les voisins qui le foudroient du regard. Sourire embarrassé du père.

INTÉRIEUR, COULOIR D'HÔPITAL – NUIT

Toutes les lumières sont éteintes dans le couloir de l'hôpital de Nemo vieux. Tout dort. Une ombre se glisse dans le couloir et avance en rasant les murs.

INTÉRIEUR, CHAMBRE D'HÔPITAL – NUIT

La porte s'entrouvre sans bruit. Une ombre entre furtivement dans la pièce et referme la porte. Nemo vieux dort, relié aux baxters. L'ombre s'approche de lui.

          LE JOURNALISTE
  Psst... monsieur...

L'homme renverse maladroitement un jeu d'échecs sur la table de nuit. Le bruit réveille Nemo. Un jeune homme timide se trouve face à lui, un vieil enregistreur en bandoulière.

          LE JOURNALISTE
  N'ayez pas peur... je... je suis journaliste... Je voudrais vous poser quelques questions...

Nemo le dévisage.

          LE JOURNALISTE
  Votre décès est une exclusivité WWB, mais un ami infirmier m'a aidé à entrer. Mon journal veut absolument que je ramène quelque chose. Une biographie, une centaine de lignes.

          NEMO VIEUX
  Quelle heure est-il ?

LE JOURNALISTE
(regarde sa montre)
Minuit douze.

Il dépose son vieil enregistreur à bandes sur la table. Il charge une bande. Il approche un micro de Nemo. Le journaliste enclenche l'enregistrement.

NEMO VIEUX
Où est-ce que vous avez trouvé ça ?

LE JOURNALISTE
Je... Je l'ai emprunté au musée de l'université, mais il marche encore. Bon. Euh... Voilà. Pouvez-vous expliquer à quoi ressemblait le monde avant la Quasi-Immortalité ?

NEMO VIEUX
Qu'est-ce que vous voulez que je vous dise ? Il y avait des voitures qui polluaient, on fumait des cigarettes, on mangeait de la viande. Tout ce qui est interdit maintenant. Il ne se passait rien la plupart du temps. C'était formidable. On aurait dit un film français.

LE JOURNALISTE
Mais... sexuellement ?

NEMO VIEUX
On baisait. Les gens baisaient tout le temps. On tombait amoureux. Vous ne savez pas ce que c'est, vous n'en avez plus besoin.

LE JOURNALISTE
La police a enquêté sur votre identité sans rien trouver. Mais ils n'ont pas tenu compte des archives sur support papier. Avec un peu de patience...

Il sort de sa poche une feuille qu'il déplie.

LE JOURNALISTE
... j'ai trouvé ceci. Cela vient d'un petit journal de l'Ontario.

Il montre la photocopie d'un article de journal. La photo montre une voiture en train d'être extraite d'une rivière à l'aide d'une grue. On voit le portrait d'un homme, PIERRE.

LE JOURNALISTE
C'est bien vous ?

NEMO
Je ne sais pas. Ça ne me ressemble pas. Quelle heure est-il ?

LE JOURNALISTE
(il regarde sa montre)
Minuit treize. Regardez : « Nemo Nobody ». Le nom correspond. Vous seriez décédé dans un accident en 2008. On a retrouvé votre voiture au fond d'une rivière.

FLASH

Le corps de Nemo adulte à la morgue. Il porte une seule chaussure à ses pieds, trop petite. Une policier fume une cigarette à côté. La séquence est tournée à l'envers, la fumée retourne dans la cigarette. Une femme identifie le corps. C'est Jeanne. Elle tient un mouchoir.

INTÉRIEUR, CHAMBRE D'HÔPITAL – NUIT

NEMO VIEUX
Je suis vivant... non ?

LE JOURNALISTE
Vous étiez un scientifique connu, spécialisé dans la théorie du chaos... cette théorie dont l'applicabilité est toujours contestée. Vous aviez votre propre émission de télévision.

Le visage de Nemo se crispe.

EXTÉRIEUR, SOUS L'EAU – JOUR

Une chaussure tombe au fond de l'eau... des bulles remontent vers la surface... une main se débat sous l'eau... vues sous-marines d'algues qui se balancent joliment au son de la musique... des poissons passent... un poisson vient nous regarder de tout près...

INTÉRIEUR, INDÉFINI – JOUR

Une truite aux amandes dans une assiette.

          NEMO ENFANT (OFF)
J'ai toujours aimé le poisson. Je ne pensais pas qu'un jour ils m'aimeraient aussi.

EXTÉRIEUR, SOUS L'EAU – JOUR

... le poisson fonce sur nous la gueule ouverte pour nous manger.

INTÉRIEUR, CHAMBRE D'HÔPITAL – NUIT

          LE JOURNALISTE
Vous ne vous souvenez vraiment de rien ?

En guise de réponse, Nemo ferme les yeux. Le journaliste sort un petit magnétoscope et l'ouvre face à Nemo.

>LE JOURNALISTE
>J'ai aussi retrouvé ceci.

Il enclenche le magnétoscope, une image parasitée apparaît sur l'écran. Nemo vieux regarde, fasciné. C'est une émission didactique. Pierre s'adresse à la caméra. Il y a une constellation d'étoiles derrière lui. On y voit la simulation du big bang.

>PIERRE
>Qu'y avait-il avant le big bang ? Il n'y avait pas d'« avant », parce que, avant le big bang, le temps n'existait pas. Le temps provient de l'expansion même de l'Univers. Mais que se passera-t-il lorsque l'expansion de l'Univers aura terminé sa course et inversera son mouvement ? Quelle sera la nature du temps ?

Scratch. L'image disparaît dans des parasites. Le son devient inaudible.

>LE JOURNALISTE
>C'est bien vous ?

>NEMO VIEUX
>Je suis Mr Nobody : celui qui n'existe pas. Un vieux grincheux un peu fou. Ça

ne vous suffit pas ? Mais qu'est-ce qui vous intéresse ? Il n'y a rien à voir. Quelle heure est-il ?

INTÉRIEUR, CABINET DU PSYCHIATRE – JOUR

La petite bille sphérique se balance devant les yeux de Nemo vieux...

INTÉRIEUR, STUDIO DE TÉLÉVISION – JOUR

La même émission que précédemment, mais cette fois c'est Nemo adulte qui la présente. Le texte se déroule sur le prompteur.

> NEMO ADULTE
> Mais que se passera-t-il lorsque l'expansion de l'Univers aura terminé sa course et inversera son mouvement ?

Sur le moniteur de contrôle, des images de galaxies qui cessent de grandir et qui se contractent sur elles-mêmes.

> NEMO ADULTE
> Quelle sera la nature du temps ? Va-t-il s'inverser ?

Images d'un vase qui se brise sur le sol, puis, à l'envers, les morceaux se remettent ensemble...

NEMO ADULTE

Pour que la récente théorie des cordes ait un sens, l'Univers devrait posséder neuf dimensions spatiales et une dimension temporelle, soit dix dimensions en tout. On peut imaginer qu'au commencement toutes les dimensions étaient entortillées, puis que, lors du big bang, trois dimensions spatiales et une temporelle se seraient déployées — celles que nous connaissons, la hauteur, la largeur, la profondeur et le temps — tandis que les six autres seraient restées minuscules, enroulées sur elles-mêmes. Si nous vivons dans un Univers aux dimensions enroulées, comment faire la part entre l'illusion et la réalité ? Le temps tel que nous le connaissons est une dimension que l'on ne peut parcourir que dans une seule direction. Mais si une des dimensions supplémentaires n'était pas spatiale mais temporelle ?

INTÉRIEUR, MAISON DE NEMO ENFANT – JOUR

La main de Nemo bébé pousse une assiette jusqu'au bord de la table. Elle tombe et se casse. De la purée et de la sauce tomate que le bébé mélange dans son assiette. Le papa fume une cigarette. Les volutes de fumée se dissipent dans l'air.

        NEMO ENFANT (OFF)
        Si on casse l'assiette, elle est cassée pour toujours. Si on mélange la purée et la sauce, on peut plus les séparer après. C'est pour toujours. La fumée sort de la cigarette de papa, mais elle retourne jamais dedans.

La grande aiguille de l'horloge du salon avance d'un cran. On voit les rouages qui en entraînent d'autres, avec des grincements mécaniques. On entend toutes sortes de tic-tac.

        NEMO ENFANT (OFF)
        On peut pas revenir en arrière.

EXTÉRIEUR, VITRINE D'UNE PÂTISSERIE (1980) – JOUR

        NEMO ENFANT (OFF)
        C'est pour ça que c'est difficile de choisir. Il faut faire le bon choix.

Nemo a huit ans. Il s'est collé à la vitrine d'une pâtisserie. Il tient un sou en main. Son regard passe du *danish roll* à l'éclair au chocolat. Il n'arrive pas à se décider.

EXTÉRIEUR, RUE DE NEMO ENFANT – JOUR

Nemo rentre chez lui. Il tient toujours son sou en main. Il passe devant trois petites filles de son âge qui le regardent, appuyées contre une grille en fer : Anna, Élise et Jeanne. L'une porte une robe jaune, l'autre une robe bleue et la troisième, une robe rose. Toutes trois lui font un sourire, et elles sont toutes les trois jolies. Nemo rougit.

      ANNA
Bonjour Nemo.

      NEMO
Bonjour Anna.

      ÉLISE
Bonjour Nemo.

      NEMO
Bonjour Élise.

      JEANNE
Bonjour Nemo.

      NEMO
Bonjour Jeanne.

EXTÉRIEUR, PORCHE D'ÉGLISE – JOUR

On voit trois mariages de Nemo adulte. Trois fois il sort de l'église sous des volées de riz. Une fois avec Anna, une fois avec Élise, une fois avec Jeanne, devenues adultes.

EXTÉRIEUR, RUE DE NEMO ENFANT – JOUR

... Nemo continue de regarder les trois petites filles en s'éloignant. Puis il regarde son sou qu'il n'a pas dépensé. Il le lance en l'air, tire à pile ou face.

> NEMO (OFF)
> Tant qu'on ne choisit pas, tout reste possible.

INTÉRIEUR, MAISON DE NEMO ENFANT – NUIT

Nemo et son père regardent le ciel à travers un télescope.

> NEMO ENFANT (OFF)
> Papa dit qu'on peut prévoir exactement où dans le ciel se trouvera la planète Mars, même dans cent ans.

EXTÉRIEUR, RUE – JOUR

> NEMO ENFANT (OFF)
> Ce qui est drôle, c'est que papa ne sait pas prévoir ce qui va lui arriver dans deux minutes.

Le père de Nemo arrête la voiture devant la maison. La rue est en pente. Le père mord dans un biscuit. Il s'arrête de mâcher et recrache quelque chose qu'il examine tout en sortant de la voiture. Il oublie de mettre le frein à main. Il sort un petit bout de coquille d'œuf de sa bouche. Derrière lui, la voiture se met lentement en mouvement.

INTÉRIEUR, POULAILLER INDUSTRIEL – JOUR

On voit une poule qui pond un œuf... Cet œuf atterrit parmi d'autres.

EXTÉRIEUR, RUE – JOUR

La voiture continue de dévaler la pente de plus en plus vite. Un peu plus loin, une femme traverse en poussant un landau. Le père regarde toujours le petit bout de coquille au bout de ses doigts...

INTÉRIEUR, USINE DE BISCUITS – JOUR

Une ouvrière casse un œuf. Un petit bout de coquille flotte parmi les blancs. Les œufs sont mélangés à la farine et au sucre. Les biscuits sortent du four et sont emballés.

EXTÉRIEUR, RUE – JOUR

Le père lève les yeux et voit sa voiture qui dévale la rue à toute vitesse. Il crie. La femme qui pousse le landau au milieu de la rue voit la voiture et pousse un cri d'effroi. La femme et le landau sont renversés par la voiture. Le père regarde avec horreur, pétrifié.

ÉMISSION DIDACTIQUE

Film d'archives en noir et blanc. Un laboratoire scientifique envahi de papiers où se trouvent de vieux ordinateurs à lampes. Un jeune homme vérifie les résultats qui s'impriment.

NEMO ADULTE (OFF)
Edward Lorenz, chercheur en météorologie, faisait simuler par un ordinateur des prévisions à partir d'équations

simples associant les mouvements de l'air, de l'eau, la chaleur, la pression atmosphérique... Un jour de 1961, Lorenz voulut reprendre le calcul d'un bulletin météo interrompu prématurément. Pour éviter de recommencer le calcul depuis le début, il introduisit à mi-course son dernier listage en arrondissant les nombres à trois décimales au lieu de six, supposant que la différence – un pour mille – serait sans conséquence.

Une mer d'huile. La tempête en mer. Le texte passe sur le prompteur devant le visage de Nemo.

NEMO ADULTE
Lorsqu'il revient une heure plus tard, il remarque que les prévisions, censées être identiques aux précédentes, suivent une évolution de plus en plus divergente jusqu'à la disparition de toute ressemblance. De minuscules changements d'un millième de degré, d'un millième de millibar, associés les uns aux autres, provoquaient un énorme changement final : d'un côté le calme plat, de l'autre la tempête.

Un papillon immobile sur une fleur.

NEMO ADULTE
On a appelé cela l'*effet papillon*. Dans un système chaotique et instable, un papillon qui bat des ailes au Japon va peut-être provoquer une tempête en Europe.

Un Japonais s'évente en observant le papillon immobile. Mouvements de nuages dans le ciel. La poule pond un œuf. Le père mord dans le biscuit. Le parapluie de la femme au landau s'envole. Elle court pour le rattraper et se fait renverser par la voiture. Le père regarde, horrifié. Nemo adulte, présentateur de l'émission, regarde la caméra :

NEMO ADULTE
La « superstition du pigeon » et l'« effet papillon » illustrent bien notre contradiction : nous n'acceptons que des explications simples, alors que notre univers est complexe.

EXTÉRIEUR, RUE – JOUR

Nemo et sa maman marchent dans la rue. Sur le trottoir d'en face deux dames les regardent passer d'un regard malveillant et chuchotent. La mère presse le pas.

INTÉRIEUR, MAISON DE NEMO ENFANT – JOUR

Le père est assis dans un fauteuil, prostré, immobile. Une mouche se pose sur le fauteuil à côté de sa main. Il ne la remarque pas. La mouche grimpe sur la main et s'y balade sans que le père réagisse. Il regarde les nuages par la fenêtre. Nemo l'observe. Il aligne sur la table de son train électrique une série de dominos les uns à côté des autres. Il pousse une petite voiture pour les faire tomber en cascade. Le dernier domino pousse une petite poule en plastique qui tombe dans le vide. La mère se regarde dans la glace. Elle ajuste un costume d'infirmière. Elle passe un manteau par-dessus. Le père et elle se regardent sans rien dire. Elle prend les clés de la voiture et sort de la maison.

INTÉRIEUR, CHAMBRE DE NEMO – NUIT

Obscurité. Malgré ses huit ans, Nemo est couché toujours dans le même lit à barreaux trop petit pour lui. Il doit s'y recroqueviller pour y dormir. Il a les yeux fermés. Doucement il commence à léviter, vingt centimètres au-dessus de son lit.

Un bref FLASH

Des flammes qui sortent d'une fenêtre. De la fumée. Une gare de campagne est en feu. C'est une maquette.

INTÉRIEUR, CHAMBRE DE NEMO – NUIT

Une tache jaune apparaît sur ses draps. Nemo fait pipi. Il rouvre les yeux et crie. Il ne lévite plus. Il se lève. Il va voir la petite gare de son train électrique, intacte. Il regarde son pantalon de pyjama trempé.

EXTÉRIEUR, GARE DE CAMPAGNE – JOUR

Nemo approche de la gare. Il s'assied sur un banc et observe. Jeanne passe en lui souriant. Quelques heures s'écoulent. Élise traverse et le salue de la main. La lumière a changé, la circulation aussi. Anna passe en lui souriant.

Il attend. Il y a un peu de fumée qui sort du toit, puis des flammes. Les gens s'arrêtent pour regarder. Un peu plus tard, la gare est en feu. Les pompiers tentent d'éteindre l'incendie. Nemo regarde, assis sur le banc. Anna vient s'asseoir sur le banc et regarde avec lui.

INTÉRIEUR, MAISON DE NEMO ENFANT – SOIR

La maman met la table pendant que Nemo essaie de lui expliquer quelque chose.

              LA MÈRE
    Ce n'est pas possible. Personne ne connaît l'avenir.

NEMO
Moi je peux m'en souvenir.

LA MÈRE
On se souvient du passé, pas de l'avenir.

NEMO
Mais moi oui. Parfois il arrive des choses et j'ai l'impression que ça s'est déjà passé.

LA MÈRE
Ça s'appelle le sentiment de déjà-vu. Tout le monde a ça parfois.

NEMO
Non, c'est à cause de l'Ange de l'Oubli. Il n'a pas mis son doigt. Tu peux pas comprendre.

LA MÈRE
Bon. Dépêche-toi, tu vas être en retard à la piscine.

INTÉRIEUR, PISCINE – JOUR

Nemo suit le cours de natation. Il est celui qui nage le moins bien. Nemo coule, essayant désespérément d'attraper la perche d'aluminium que le moniteur refuse de lui tendre. Nemo crache l'eau de sa gorge, pleure. Coup de sifflet. Les garçons quittent la piscine pour aller se rhabiller. Le professeur les arrête pour laisser passer le groupe des filles. Tous les garçons attendent, les yeux rivés vers les filles. Nemo est fasciné par Anna.

La classe de garçons quitte la piscine. La porte du vestiaire s'entrouvre. Nemo, caché, seul, regarde Anna. Elle nage comme une déesse. Il la regarde sauter du plongeoir de quatre mètres. Elle se reçoit parfaitement et nage le crawl, tout en grâce. Elle est magnifique. Nemo est bouche bée. Anna sort de l'eau avec légèreté et se sèche les cheveux. Un instant leurs regards se croisent. Nemo en reste pétrifié.

INTÉRIEUR, PISCINE – JOUR

Tout le monde est parti. La piscine est vide, il n'y a même plus de maître nageur. Nemo sort de sa cachette. Il est tout seul. Il s'approche de l'eau. Il hésite. Il monte sur le plongeoir, à quatre mètres. Il a le vertige. Il avance lentement jusqu'au bout de la planche. Il saute.

Il tombe à plat dans l'eau. Il est sous l'eau, il se débat. Des bulles sortent de sa bouche. Il tente de s'agripper à quelque chose, sans succès. Il se noie. On entend comme un cri étouffé. Il n'a plus d'air. Il coule vers le fond.

FLASH

Sous l'eau, prisonnier de sa voiture, Nemo adulte se débat. Des bulles sortent de sa bouche. Il voit une lumière au-dessus de lui.

Autre FLASH.

Sous l'eau, le visage de Jeanne qui plonge vers nous.

INTÉRIEUR, PISCINE – JOUR

Soudain la silhouette du maître nageur plonge à côté de Nemo enfant et le ramène à la surface. Nemo est couché sur le sol, au bord de la piscine. Le maître nageur lui fait la respiration artificielle. Il revient à lui en toussant. Il respire.

EXTÉRIEUR, BOIS – JOUR

Nemo, épuisé, descend d'un bus. Il rentre chez lui, son sac de bain sur l'épaule. Il passe le long d'un bois. Il aperçoit sa mère, ou du moins il croit la reconnaître. On la devine à une centaine de mètres, derrière des branchages. Elle se promène en regardant autour d'elle. Nemo se cache. Il avance vers elle sans se faire voir. Il approche d'un étang. Il entend des voix chuchoter. Nemo regarde à travers les branches : il voit sa mère embrasser un homme qu'il ne connaît pas. Il ne bouge plus. L'homme s'en va dans une direction. La mère rajuste son tailleur et part dans l'autre direction. Nemo attend sans bouger. Il est pâle.

EXTÉRIEUR, JARDIN DU PÈRE – JOUR

Un anémomètre cesse de tourner. Calme plat. Nemo est dans le jardin avec son père et l'observe. La mère est à l'intérieur. Le père de Nemo regarde le ciel. Il tient ses pinceaux et commence à peindre les nuages, en reproduisant ce qu'il voit avec soin. Lorsque le père lève la tête, les nuages ont changé de forme et de place. Il essaie de corriger, et de peindre plus vite. Il n'y arrive pas. Nemo se tourne vers son père, cherche son regard.

NEMO
Papa...

Le père se tourne vers lui. Nemo ne dit rien. Le père lui caresse la tête. La main du père tremble.

LE PÈRE
Quoi ?

NEMO
Ça va ?

LE PÈRE
Oui, ça va. C'est pas grave, juste un tremblement. Tu voulais me dire quelque chose ?

NEMO
Non, rien.

EXTÉRIEUR, BOIS – JOUR

Nemo marche à travers le bois où il a vu sa mère. Il cherche. Il s'approche du bord de l'étang. Il s'arrête. Assise au bout d'un ponton, Anna jette des cailloux dans l'eau. Nemo se baisse et observe. Une voix le fait sursauter.

     LE PÈRE D'ANNA
 Anna, on y va.

L'homme qui embrassait la mère de Nemo s'approche d'Anna. Anna prend la main de son père et ils repartent à deux.

FLASH

    NEMO ENFANT (OFF)
 Alors le papa et la maman se sont embrassés toute une journée.

Un court FLASH

Dans le salon, le père et la mère se disputent. Un vase se casse.

INTÉRIEUR, CHAMBRE DE NEMO ADULTE (2006) – NUIT

Nemo adulte se réveille dans l'obscurité. Il se tourne vers une silhouette féminine : Anna adulte dort à côté de lui. Ils se blottissent l'un contre l'autre.

INTÉRIEUR, CHAMBRE DE NEMO (1980)
– NUIT

Nemo enfant dort. Il lévite à vingt centimètres au-dessus de son lit.

INTÉRIEUR, COULOIR ET CHAMBRE
DES PARENTS – NUIT

La lumière s'allume dans le couloir. Images floues. La mère, en manteau, prend une pile de vêtements dans une armoire. Elle les met dans une valise rouge.

INTÉRIEUR, CHAMBRE DE NEMO, COULOIR
ET CHAMBRE DES PARENTS – NUIT

Nemo enfant se réveille en sursaut. Une tache de pipi grandit sur son drap. La lumière s'allume dans le couloir. Par la porte entrouverte, il revoit les images de son rêve, légèrement différentes. La mère est en chemise de nuit. Elle prend une pile de vêtements qu'elle met dans une valise bleue. Elle regarde longuement la valise. Elle y met aussi des vêtements de Nemo. Elle voit Nemo et lui fait signe de se taire, un doigt sur la bouche. Elle vient lui donner une caresse, et le recouche avec tendresse.

LA MÈRE
Tu veux partir avec moi, ou tu veux rester avec ton père ?

EXTÉRIEUR, GARE DE CAMPAGNE – JOUR

Nemo, son père et sa mère, sont sur le quai de la petite gare déserte. Ils attendent. La mère tient sa valise à la main. Le père a l'air bouleversé. Il a les yeux rouges. Ils tiennent tous les deux la main de Nemo. Nemo regarde son père puis sa mère. Eux ne se regardent pas. La mère caresse les cheveux de Nemo, l'embrasse. Le train arrive.

LA MÈRE
Alors, Nemo ? Qu'est-ce que tu fais ?

Nemo serre les mains de ses deux parents. Le train s'arrête. La mère lâche la main de Nemo et fait quelques pas vers le train. Nemo ne sait pas qui choisir. La mère grimpe à bord. Elle fait au revoir de la main. Le contrôleur ferme les portes sauf une, celle où il se trouve avec la mère. Le train démarre. Nemo lâche la main de son père et court le plus vite possible sur le quai. Il court à hauteur du train. La mère, par la porte restée ouverte, tend les bras vers lui. Nemo se retourne vers son père. Il hésite. Il est à mi-chemin entre son père et sa mère. Une tache de pipi grandit sur son pantalon.

>   LA MÈRE
> Cours, Nemo !

La mère tend les bras vers Nemo qui court, qui essaie de rattraper le train.

>   LE PÈRE
> NEMO !

Nemo se retourne, hésite. La mère agrippe Nemo et le tire à l'intérieur du train. Le contrôleur l'aide, décontenancé, et ferme la portière du train. Nemo regarde sur le quai la silhouette de son père s'éloigner.

EXTÉRIEUR, GARE – JOUR

... Répétition de la même scène. Le train s'éloigne. Nemo tient toujours la main de son père. Il hésite, puis lâche la main de son père et court sur le quai. Il s'arrête un instant, regarde vers son père, comme à regret, puis vers le train. Il arrive à hauteur du train. La mère lui tend les bras.

>   LE PÈRE
> NEMO !

Nemo se retourne vers son père, ralentit. Il s'arrête au bout du quai et regarde le train s'éloigner. Il a perdu une chaussure. Il regarde son pantalon trempé.

Le père arrive en courant et le prend dans ses bras. Il tente de le consoler. Il lui remet sa chaussure. Ils repartent à deux vers la maison. Au loin :

<blockquote>
NEMO
Papa, c'est ma faute ?
</blockquote>

<blockquote>
LE PÈRE
Mais non. C'est ma faute.
</blockquote>

INTÉRIEUR, CABINET DU MÉDECIN – JOUR

Le médecin hypnotise Nemo vieux. Le pendule passe devant ses yeux.

EXTÉRIEUR/INTÉRIEUR, DIVERS
– JOUR/NUIT

On voit des courts FLASHES... des flashes de lumière d'un train qui passe... les rails qui défilent sous la locomotive... une ampoule électrique qui se balance au plafond... un métronome... des branches qui se balancent au vent... une balançoire qui oscille.

INTÉRIEUR, CHAMBRE DE NEMO CHEZ SON PÈRE – SOIR

Nemo enfant est au lit. Son père lui caresse les cheveux. Il l'embrasse et sort en éteignant la lumière. Dans le noir, Nemo a les yeux grands ouverts. Il pense.

INTÉRIEUR, TRAIN – JOUR

Nemo est dans le train, avec sa maman. Il se serre contre elle. Il regarde les paysages défiler.

Il voit par la fenêtre des rails qui se croisent, qui rejoignent une autre voie, qui se séparent. Un enchevêtrement de destinations possibles.

MAQUETTE – JOUR

Un avion jouet, tenu par une main d'enfant. L'avion survole une carte géographique. Sur la carte, les lettres OCÉAN défilent. L'avion survole l'Amérique du Nord.

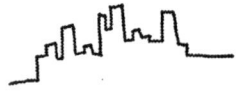

INTÉRIEUR, APPARTEMENT DE LA MÈRE – SOIR

Par la fenêtre, on a vue sur une grande ville d'Amérique du Nord. La mère et Nemo sont dans un appartement pas encore entièrement meublé. Elle déballe une lampe et l'installe. Nemo est en pyjama, il se couche. Sa mère lui caresse les cheveux et éteint la lumière. Nemo garde les yeux ouverts. Il pense.

EXTÉRIEUR, QUAI DE GARE – JOUR

Nemo court derrière le train qui emporte sa mère. Ses pieds qui courent. Le lacet de sa chaussure se casse. Il commence à perdre sa chaussure. Le train prend de la vitesse, la mère s'éloigne. Nemo trébuche, il marche sur son lacet. Il reste sur le quai avec son père. On suit un papillon qui s'envole vers le ciel.

INTÉRIEUR, FABRIQUE DE CHAUSSURES ESPAGNOLE – JOUR

Un papillon passe derrière la fenêtre. Dans le bureau d'une fabrique de chaussures espagnole, le directeur examine plusieurs qualités de lacets que lui présente un fournisseur.

> LE FOURNISSEUR
> *(en espagnol, sous-titré)*
> Sur ce modèle de lacets, je peux vous faire un prix.

Le directeur tire sur le lacet. Le lacet se casse.

> LE FOURNISSEUR
> *(en espagnol)*
> ... un très bon prix.

INTÉRIEUR, MAISON DU PÈRE – JOUR

La chambre de Nemo chez son père. Ou plutôt une maquette de la chambre de Nemo... On recule : c'est une maison de poupée, à côté du train électrique. On recule encore : la maison de poupée est dans la chambre, identique à la maquette. Nemo regarde son lacet. Il pense.

INTÉRIEUR, APPARTEMENT DE LA MÈRE – JOUR

Nemo regarde la télévision dans le nouvel appartement de sa mère. Il regarde un épisode d'une série de science-fiction... Un homme aux commandes d'un vaisseau spatial est surpris par une pluie de météorites. La mère de Nemo fait la cuisine à l'arrière-plan.

INTÉRIEUR, MAISON DU PÈRE – JOUR

La télévision chez son père diffuse le même film. Nemo regarde distraitement, il joue avec son train électrique. Le père fait la cuisine à l'arrière-plan.

EXTÉRIEUR, JARDIN DU PÈRE – JOUR

Le père est assis au milieu du jardin, sur une chaise. Il regarde le ciel au-dessus de lui, un appareil photographique à la main. Nemo le regarde. Le père s'appuie sur une canne pour se relever.

INTÉRIEUR, MAISON DU PÈRE – JOUR

Le père étale les photos sur la table. Il prend ses pinceaux et essaie de les reproduire sur la toile, mais ça ne donne rien.

EXTÉRIEUR, JARDIN DU PÈRE – JOUR

Le père prend de la térébenthine et efface son tableau, gratte la peinture avec une spatule. Il recommence encore une fois à zéro. Il regarde les nuages, le pinceau à la main. Les nuages bougent trop vite.

INTÉRIEUR, MAISON DU PÈRE – SOIR.

Le père ouvre l'armoire à balais et jette sa toile inachevée à l'intérieur. Il claque la porte.

INTÉRIEUR, CHAMBRE DE NEMO CHEZ SA MÈRE (1980-1984) – JOUR

Nemo, toujours huit ans, se réveille dans sa chambre chez sa mère. Il se recouche et ferme les yeux. La caméra explore les objets de sa chambre : les jouets... son bureau... On entend la voix de sa mère qui l'appelle

LA MÈRE (OFF)
Nemo !

La caméra continue d'explorer les objets de sa chambre : ... des photos au mur... des jouets d'adolescent... des livres sur les planètes... On revient, après un tour complet dans la chambre, à Nemo qui dort dans son lit. Il a douze ans. La voix de sa mère le réveille. Elle passe la tête par la porte.

LA MÈRE
Mon chéri, je vais travailler. Ne sois pas en retard à l'école.

INTÉRIEUR, APPARTEMENT DE LA MÈRE
– SOIR

La mère ouvre la porte de l'appartement et dépose son manteau. Elle se débarrasse de sa blouse d'infirmière.

          LA MÈRE
Nemo... c'est moi.

À l'avant-plan, Nemo enfant est couché dans une mare de sang, immobile, les yeux fixes et grands ouverts. Sa mère ne le voit pas encore. Elle avance, voit Nemo mort sur le sol, puis elle va ranger les courses.

          LA MÈRE
    Je parie que tu n'as pas fait tes devoirs. Termine-les en vitesse, j'ai invité quelqu'un pour le dîner. Je compte sur toi pour ne pas ouvrir la bouche. La dernière fois, on ne peut pas dire que tu m'aies aidée.

La mère disparaît. Plus personne. Nemo ne bouge toujours pas, cadavérique. Puis il se lève, ramasse une bouteille de ketchup, essuie le ketchup sur son cou et sur sa chemise.

INTÉRIEUR, APPARTEMENT DE LA MÈRE – SOIR

Nemo est assis à table. Rires, conversations anodines. La mère a invité un « ami » qui fait semblant d'être à l'aise. Nemo fixe l'invité sans sourciller. L'invité tente de sourire mais ne reçoit pas de sourire en échange.

LA MÈRE
Nemo, on ne fixe pas les gens comme ça.

L'INVITÉ
Ce n'est pas grave.

LA MÈRE
Il a l'art de mettre les gens mal à l'aise.

L'INVITÉ
Ce n'est rien.

NEMO
Ça se passera un samedi. Il fera beau. Vous serez au volant de votre voiture. Vous sifflerez. Vous ne verrez pas le carrefour. Soudain un camion de viande débouchera de votre droite et vous serez broyé.

FLASH. EXTÉRIEUR, ROUTE DE CAMPAGNE
– JOUR

L'homme au volant de la voiture, sifflotant. Un tracteur agricole vient de droite. Accident.

INTÉRIEUR, APPARTEMENT DE LA MÈRE
– JOUR

Nemo fixe l'invité, qui est livide. Nemo a une tache humide sur son pantalon.

LA MÈRE
Tu n'es pas drôle.
(à l'invité)
Nemo croit qu'il peut prédire l'avenir.

NEMO
Je peux. La gare qui brûlait, je l'avais prédit.

LA MÈRE
Je me suis toujours demandé si ce n'était pas toi qui y avais mis le feu. Personne ne peut prédire l'avenir. Personne ne sait ce qui va arriver.

NEMO
Si. Moi.

Nemo reçoit une claque.

LA MÈRE DE NEMO
Si tu pouvais, tu aurais su que t'allais la recevoir, celle-là.

NEMO
Je savais que tu allais dire ça.

INTÉRIEUR, APPARTEMENT DE LA MÈRE
– NUIT

LA MÈRE
Je suis vraiment désolée...

La mère est à la porte. L'invité s'en va. On les entend qui chuchotent. La mère referme la porte.

INTÉRIEUR, CHAMBRE DE NEMO
CHEZ SA MÈRE – NUIT

Nemo est en pyjama, debout sur le rebord de la fenêtre, face au vide. La mère entre dans la chambre. Elle ne s'émeut pas du danger de la situation.

LA MÈRE
Tu es fier de toi ?

Nemo lâche sa main et se penche vers le vide.

LA MÈRE
Pourquoi est-ce que tu casses systématiquement tout ce que je... ? Tu ne penses pas que j'ai un peu le droit de vivre aussi ?

Nemo tombe dans le vide. La mère regarde la fenêtre vide. Elle s'allume une cigarette.

LA MÈRE
Tu pouvais rester avec ton père si tu voulais.

On passe à travers la fenêtre. Nemo est accroupi un mètre plus bas, sur une terrasse qui jouxte la fenêtre. La chute a été sans danger.

EXTÉRIEUR, FORÊT – JOUR

Des policiers fouillent un buisson. Ils y trouvent un corps. Il n'a qu'une chaussure, trop petite. La séquence est filmée à l'envers, tous les mouvements sont inversés.

INTÉRIEUR, MAISON DU PÈRE – MATIN

Nemo, douze ans, se réveille en sursaut. Il pousse un cri. Il a fait un cauchemar. Son père ouvre la porte. Il boite et marche à l'aide d'une canne. Il s'assied au bord du lit.

LE PÈRE
Ça va ? Tu as fait un cauchemar ?

NEMO
C'est rien.

EXTÉRIEUR, RUE DE LA MAISON DU PÈRE
– JOUR

Nemo est debout au coin de la rue qu'il habite avec son père. Il observe un camion que des déménageurs sont en train de charger. Anna et son père surveillent l'opération. Les déménageurs ferment le camion. Anna et son père montent dans la voiture et démarrent.

INTÉRIEUR, ÉCOLE/VILLE – JOUR

Nemo, douze ans, est en classe, dans la ville où il habite avec sa mère.

PROFESSEUR
Je vous présente une nouvelle arrivante dans notre classe. Elle s'appelle Anna.

Anna entre dans la classe. Elle sourit, un peu mal à l'aise. Chuchotements. Nemo la regarde, bouche bée. Anna se retourne et croise le regard de Nemo. Ils se regardent sans rien dire.

EXTÉRIEUR, AUTOBUS/ROUTE
DE CAMPAGNE – JOUR

Nemo est secoué par un cahot du bus. Il est avec l'école. Tout le monde rit et chante. C'est une excursion scolaire, ils ont des sacs de voyage avec eux. Nemo ne chante pas. Quelques sièges plus loin, Anna rit avec ses amies. Elle se retourne. Elle lui sourit et vient vers lui.

ANNA
Salut. Tu te souviens de moi ?

NEMO
Oui.

ANNA
Mon père connaît ta mère.

NEMO
Oui.

ANNA
Tu es ici depuis longtemps ?

NEMO
Non.

Nemo est trop intimidé pour répondre par autre chose que par oui ou par non. Le silence finit par provoquer une gêne, Anna se lève et va rejoindre ses copines.

EXTÉRIEUR, PLAGE – JOUR

Les adolescents sortent de cabines de plage en courant. Ils sont en maillot. Nemo arrive aussi sur la plage, dissimulé dans sa serviette de bain. Il porte un maillot ridicule. Il s'assied, à l'écart du groupe. Il sort un appareil photo de son sac et prend une photo de la plage en face de lui. Au bout d'un moment, Anna s'assied à côté de lui. Il rougit. Elle lui sourit. Un moment de silence. Anna se relève et se tourne vers lui.

ANNA
Tu viens nager ?

Nemo ne répond pas. Elle le prend par la main et le tire.

ANNA
Viens. Elle est bonne.

NEMO
Non, je...

Il se tait et regarde devant lui, l'air boudeur. Anna regarde vers l'eau et fait un signe à des amies qui l'appellent.

ANNA
Mais viens nager avec nous. Ce sont des copines, viens...

NEMO
Ce sont des imbéciles. Je ne nage pas avec des imbéciles.

Anna est vexée. Profondément blessée. Elle n'en revient pas.

ANNA
Connard.

Anna lui tourne le dos et s'en va. Elle va nager avec les autres. Nemo regarde ses pieds. Il s'en veut. On s'approche de Nemo, de plus en plus près.

On s'approche de son œil... On voit un reflet dans son œil... Le reflet carré d'une fenêtre. Dans la fenêtre se découpe la silhouette d'un homme...

EXTÉRIEUR/INTÉRIEUR, TRAIN – JOUR

Dans la fenêtre d'un train se découpe la silhouette de Nemo adulte. Il est dans le train. Un cahot du train réveille Nemo qui s'était assoupi. Le train arrive en gare.

INTÉRIEUR, GARE URBAINE – JOUR

Nemo adulte traverse la gare. À la grande horloge il est 9 h 12. Nemo passe à côté d'une jeune fille au crâne rasé qui fait la manche. Il lui donne une pièce. Nemo voit arriver vers lui une femme qu'il croit reconnaître. Cette femme tient deux enfants par la main. Arrivés à hauteur l'un de l'autre, ils se regardent. C'est Anna adulte.

          ANNA
Ça alors.

          NEMO
Anna !

          ANNA
Qu'est-ce que tu deviens ?

          NEMO
Ça va... et toi ? Ce sont tes enfants ?

          ANNA
Oui.

Un silence. Ils ne savent plus quoi se dire.

          ANNA
Bon, ben à la prochaine, alors.

          NEMO
Oui... à la prochaine.

Ils se séparent. Nemo a l'air bouleversé par cette rencontre.

          NEMO ENFANT (OFF)
Qu'est-ce qui m'a pris de dire ça ?... « Je ne nage pas avec les imbéciles ? »

Il sort une photo de son portefeuille. La photo de la plage qu'il a prise quand il était petit. On s'approche de la photo. On entre dans la photo...

EXTÉRIEUR, PLAGE – JOUR

Nemo, douze ans, prend la plage en photo. La même scène, à nouveau. Il est assis un peu à l'écart du groupe, dans son maillot ridicule. Anna s'assied à côté de lui.

          ANNA
Tu viens nager ?

Nemo ne répond pas. Elle le prend par la main et le tire.

          ANNA
Viens. Elle est bonne.

          NEMO
Non, je...

Il se tait et regarde devant lui.

NEMO
Je sais pas nager.

ANNA
Quoi ?

NEMO
Je sais pas nager. C'est comme ça. Le dis à personne s'il te plaît.

Anna s'assied à côté de lui, complice. Ils se regardent, sourient, rient. Une amie d'Anna court jusqu'à eux, veut entraîner Anna.

AMIE D'ANNA
Allez, tu viens nager ?

ANNA
Non, j'ai mes règles. Je reste ici. Nemo va me tenir compagnie.

L'amie s'en va. Anna et Nemo se regardent et rient sous cape. Anna se rapproche de Nemo. Leurs épaules nues se frôlent. Nemo attrape la chair de poule. Il n'ose plus bouger de peur de perdre ce fragile contact de leur peau.

INTÉRIEUR, CHAMBRE DE NEMO ET ANNA
– JOUR

Des draps. Une épaule nue de femme. Nemo adulte dort collé contre elle. Il la caresse. C'est Anna adulte. Ils se prennent dans les bras. Ils mettent leurs bras l'un à côté de l'autre.

> NEMO
> Regarde...

Les poils de leurs bras se redressent. Ils ont tous les deux la chair de poule. Ils s'embrassent.

INTÉRIEUR, APPARTEMENT DE LA MÈRE
– JOUR

Nemo, douze ans, est chez sa mère. Il fait ses devoirs. On entend la porte qui s'ouvre. On entend des bruits de voix qui deviennent silencieux. La mère entre dans la pièce et s'approche de Nemo. Elle le regarde. Elle est mal à l'aise.

> LA MÈRE DE NEMO
> Mon chéri... Je... Il faut que je te présente un vieil ami.

Nemo se tourne vers un homme qui le regarde, à l'entrée de la pièce. C'est l'homme que Nemo avait vu dans le bois avec sa mère.

LA MÈRE DE NEMO
C'est Harry. Et sa fille, Anna.

Anna apparaît dans la pièce, à la suite de HARRY. Nemo et Anna se regardent, aussi étonnés l'un que l'autre. Ils font mine de rien.

LA MÈRE DE NEMO
Anna, Nemo. Eh bien, serrez-vous la main.

Ils se serrent la main un peu gauchement.

INTÉRIEUR, SALON CHEZ LA MÈRE – SOIR

Les quatre sont à table. La mère de Nemo et le père d'Anna bavardent, un peu tendus. Ils observent du coin de l'œil Anna et Nemo qui se font face sans se regarder et mangent en silence. Par-dessous la table, le pied d'Anna vient caresser la jambe de Nemo. Nemo rougit, et regarde encore plus intensément dans son assiette. Ils esquissent en cachette un sourire l'un à l'autre.

Plus tard. Anna et son père repartent. Anna serre la main de Nemo. La mère embrasse le père d'Anna sur la bouche et lui chuchote quelque chose à l'oreille. Ils ont une discussion chuchotée. On comprend juste :

LA MÈRE DE NEMO
Il ne faut pas aller trop vite... Il ne faut pas les brusquer.

EXTÉRIEUR, PARC PUBLIC – JOUR

Un dimanche ensoleillé. Nemo et sa mère, Anna et son père pique-niquent dans un parc, sous le soleil. Le père et la mère s'éloignent un instant, la main dans la main. Ils s'embrassent un peu plus loin, discrètement. Anna et Nemo restent seuls, sous un grand arbre.

ANNA
Ils sont pas possibles. Parfois je me demande quel âge ils ont.

NEMO
...

ANNA
Ils ont déjà couché ensemble ?

NEMO
Je sais pas.

ANNA
J'espère qu'ils mettent un préservatif. J'ai pas envie de me retrouver avec un petit frère.

NEMO
Plutôt mourir.

ANNA
Ta maman prend pas la pilule ?

NEMO
J'en sais rien.

ANNA
T'as intérêt à en mettre dans son café le matin. On dirait qu'elle a les hormones qui lui montent dans le chignon.

Un silence. Anna va observer le tronc du grand arbre centenaire qui les surplombe. Une dizaine de cœurs y sont gravés. Un orifice dans le tronc forme une sorte de bouche. Anna y colle son oreille.

ANNA
On joue un jeu avec l'arbre ? Tu penses à un mot. L'arbre va lire dans tes pensées et il va me le répéter.
(elle ferme les yeux)

NEMO
(ferme les yeux)
... O.K.

ANNA
... Sexe.

NEMO
C'est ça ! Comment tu as fait ?

ANNA
C'est trop facile. Les garçons pensent qu'à ça. À moi, maintenant. Je pense à quelqu'un...

Nemo colle son oreille à l'arbre.

>NEMO
>L'arbre dit que tu penses à moi...

>ANNA
>(le frappe en riant)

Idiot !

>NEMO
>Parfois, je peux deviner l'avenir.

>ANNA
>Ça ne doit pas être gai de savoir ce qui va arriver. C'est comme si la vie était écrite sur du papier à musique... Comment tu fais ?

Nemo ferme les yeux.

INTÉRIEUR, W.-C. ET COULOIR D'HÔPITAL
– NUIT

Nemo vieux ouvre les yeux. Il est surpris de se retrouver assis sur les toilettes de l'hôpital. Il relève son pantalon et sort dans le couloir. Tout est désert, c'est la nuit. Nemo hésite. Il ne retrouve plus son chemin. Il sort un papier froissé de sa poche et le déplie. C'est un plan sommaire du couloir. Il y a une croix pour W-C et une autre pour CHAMBRE. Nemo tourne le papier, et arpente le couloir. Il s'arrête devant une porte entrouverte. Il jette un coup d'œil à l'intérieur. Il reconnaît sa paire de pantoufles à l'entrée. Il entre.

INTÉRIEUR, CHAMBRE D'HÔPITAL – NUIT

Il se couche dans le lit. Le journaliste est assis à côté de lui. Il enclenche l'enregistreur.

NEMO VIEUX
Ah, c'est vous... je vous avais oublié. Quelle heure est-il ?

LE JOURNALISTE
Minuit dix-sept.

NEMO VIEUX
Déjà... Il y a des nuits où je ne dors pas une minute. Alors je pense, je pense... Penser à comment c'était. C'est tout ce qui me reste... Qu'est-ce que vous voyez quand vous me regardez ? Un vieux grincheux qui bave quand il mange. Un vieux qui n'arrête pas de perdre ses affaires. Qui mélange tout. Qu'on occupe en lui donnant des repas. Mais ça, ce n'est pas moi. Moi, je porte des culottes courtes. J'ai sept ans. Je cours plus vite que le train. Je ne sens plus mon mal au dos. J'ai douze ans. Je suis amoureux. Amoureux...

INTÉRIEUR, APPARTEMENT DE LA MÈRE
– NUIT

Tout le monde est de retour chez la mère. C'est le soir.

    LA MÈRE DE NEMO
    Bon, je crois que c'est plus simple si tout le monde dort ici. Tu peux prêter ta chambre à Anna et dormir dans le petit bureau ?

Tout le monde se regarde en faisant comme si de rien n'était.

    NEMO
    Ça va.

INTÉRIEUR, APPARTEMENT DE LA MÈRE
– NUIT

Tout est éteint dans le couloir. On voit une lumière qui filtre sous la porte de la chambre de la mère. On entend des bruits d'étreinte et des grincements de lit. Nemo sort du petit bureau, discrètement. Il ouvre silencieusement la porte de la chambre où dort Anna.

Il fait noir. Il avance à tâtons, se cogne, retient un souffle. Il arrive près du lit. Il chuchote :

Anna ?

NEMO

Anna se retourne et soulève la couverture, l'invitant à se glisser dans le lit. Il s'y glisse et se couche à côté d'Anna, tout contre elle. Ils se regardent dans les yeux. Ils se touchent le visage. Anna passe doucement le bout de ses doigts sur la peau de Nemo. Nemo frissonne. On voit les fins poils de son bras qui se dressent.

Au fond du couloir, les bruits de fornication de la mère de Nemo et du père d'Anna deviennent de plus en plus forts. On entend la mère jouir de façon théâtrale.

Les lèvres de Nemo effleurent la joue d'Anna. On n'entend plus que leurs respirations retenues. Enfin ils s'embrassent. Ils disparaissent sous les couvertures.

INTÉRIEUR, APPARTEMENT DE LA MÈRE (1988) – JOUR

C'est le matin. Sous les couvertures, Nemo et Anna dorment dans les bras l'un de l'autre. Ils ont seize ans. Une voix résonne dans le couloir.

LA MÈRE (OFF)
Nemo ?.... Nemo ?....

Nemo se réveille en sursaut. Anna aussi. Nemo remet son pyjama à toute vitesse. Il s'emberlificote dedans, tombe par terre, se dépêche. C'est la panique. Nemo ouvre la porte du couloir. Sa mère lui tourne le dos, il en profite pour traverser le couloir sans bruit en remettant son pantalon et filer dans le petit bureau. Il se couche le plus vite qu'il peut et fait semblant de dormir. On entend les voix dans le couloir.

LE PÈRE D'ANNA (OFF)
Il ne dort pas dans le bureau ?

LA MÈRE DE NEMO (OFF)
Non, j'ai été voir, il n'y est pas.

Nemo rouvre les yeux, paniqué. Il se relève d'un bond.

LA MÈRE DE NEMO
Anna, tu n'as pas vu ton frère ?

ANNA
Ce n'est pas mon frère.

À toute vitesse, Nemo traverse à nouveau le couloir sans se faire voir. Il entre dans la salle de bains, tire la chasse, ralentit soudain et en ressort en prenant l'air endormi.

LA MÈRE DE NEMO
Ah, te voilà. Bien dormi ?

Il grogne, retourne dans le petit bureau et se rendort, pour de vrai cette fois, épuisé.

La caméra recule. La caméra sort par la fenêtre...

EXTÉRIEUR, VILLE – JOUR

... La caméra recule encore. On voit le bâtiment dans lequel se trouve l'appartement. On recule encore. On voit la ville vue du ciel. L'image se fige. C'est une carte postale posée sur une table...

INTÉRIEUR, MAISON DU PÈRE (1988) – NUIT

La carte postale de la ville posée sur la table de la cuisine. On entend la porte qui s'ouvre.

Nemo, seize ans, entre dans la maison et referme la porte derrière lui. Il est habillé et coiffé différemment que dans la scène précédente. La voix du père parvient de la cuisine.

LE PÈRE (OFF)
Qui est là ?

NEMO
C'est moi.

Nemo entre dans la cuisine. Le père est assis en chaise roulante. Il a vieilli. Il regarde Nemo étrangement. Il ne le reconnaît pas. Nemo vient se pencher près de son père. Il lui prend la main. Le père le dévisage toujours.

NEMO
C'est moi, papa. Nemo. Ton fils.

LE PÈRE
Ah, Nemo ! Bien sûr... bien sûr, mon garçon. Où étais-tu ?

NEMO
J'étais à la quincaillerie. Après les cours, je travaille toujours à la quincaillerie.

Nemo saisit des casseroles et commence à faire à manger.

LE PÈRE
Tu sais, un garçon de ton âge devrait sortir plus souvent. Tu peux me laisser, je me débrouille.

NEMO
Y a pas de problème, papa. J'aime bien être à la maison.

Un peu plus tard. Ils mangent, face à face. Le père n'arrive à se servir que d'une seule main avec maladresse. Nemo lui coupe sa viande.

LE PÈRE
Y a une carte de ta mère qui est arrivée.
Tu ne l'as pas regardée.

NEMO
Je sais. Je la lirai plus tard.

LE PÈRE
Tu n'irais pas la voir un de ces jours ?

NEMO
Ça fait huit ans que je ne l'ai plus vue.
Si elle avait envie de me voir, elle aurait
su me trouver. Non, il n'y a rien qui me
manque, tu sais, papa. Tout va bien.

Un peu plus tard, dans la salle de bains. Nemo soutient son père. Il le déshabille. Il se déshabille aussi, puis il met la douche en marche. Il porte son père dans ses bras et l'installe sous le jet. Le père se raccroche à son fils comme il peut et se laisse laver comme un bébé. Nemo le savonne.

Nemo sèche son père à l'aide d'une serviette. Il est calme et attentionné, ses gestes sont précis.

Un peu plus tard, dans la chambre du père. Nemo lui passe un pyjama et le couche au lit. Il l'embrasse sur le front et éteint la lumière.

NEMO

Bonne nuit, papa.

LE PÈRE

Bonne nuit, mon fils.

Nemo s'en va. Le père le retient :

LE PÈRE

Nemo !

NEMO

Oui, papa ?

LE PÈRE

Tu es un bon fils.

Nemo regarde son père s'endormir. Il quitte la pièce sur la pointe des pieds.

En bas, il met son blouson de toile et un casque de moto. Il sort.

EXTÉRIEUR, RUE – NUIT

Nemo grimpe sur une vieille Mobylette et la fait démarrer. Il démarre doucement.

Il roule. Il roule de plus en plus vite. Il roule à tombeau ouvert, en hurlant. Il roule sur une route déserte.

Il sent le vent sur sa peau. Il roule. Il hurle. Il est dans une rage folle.

Finalement il arrive devant chez lui. Il gare sa Mobylette sans bruit. Il est calme.

INTÉRIEUR, MAISON DU PÈRE – NUIT

Il entre dans la maison sans bruit. Il ouvre la porte de la chambre du père, qui dort. Il va le border.

Puis Nemo va dans sa chambre. Il s'installe devant une vieille machine à écrire et se met à taper sur les touches. Il y a un tas de feuilles à côté de la machine. Les tiges de métal frappent la surface du papier et des mots s'y inscrivent : « Après trois mois et six jours... »

> NEMO ADOLESCENT (OFF)
> Après trois mois et six jours de voyage, le vaisseau se dirigeait droit vers la nébuleuse du Cancer, dans l'axe d'Uranus et de ses cinq lunes. Il approchait enfin de Mars et de ses colonies. À bord, l'ordinateur surveillait l'hibernation artificielle des voyageurs...

EXTÉRIEUR, COSMOS – NUIT

Au loin, la nébuleuse du Cancer. Un vaisseau spatial passe tout près de nous, propulsé par d'immenses voiles solaires, et s'enfonce dans l'immensité du cosmos en direction d'une petite planète rouge.

INTÉRIEUR, VAISSEAU SPATIAL – NUIT

Nemo adulte est en état d'hibernation dans un conteneur, derrière une vitre. Une couche de givre recouvre son visage. Il a une cinquantaine d'années et les cheveux blanc argent. Il porte la cicatrice d'une brûlure au visage. Des ordinateurs inspectent son état. Un faisceau de lumière bleue le scanne sans cesse. Des bras articulés l'examinent. Sur les écrans on voit des représentations virtuelles de ses organes. Le cœur bat au ralenti. Dans le couloir du vaisseau spatial, trois autres conteneurs renferment le reste de l'équipage...

On approche du visage gelé de Nemo. Ses globes oculaires tressaillent légèrement. Le pouls s'accélère.

                    NEMO ADULTE (OFF)
Anna... Anna...

INTÉRIEUR, CABINET DU MÉDECIN – JOUR

Pendant la séance d'hypnose, le pendule du médecin se balance régulièrement devant nous...

                    NEMO VIEUX (OFF)
Anna... Anna...

INTÉRIEUR, CHAMBRE DE NEMO
CHEZ SA MÈRE – NUIT

                    NEMO
Anna... Anna...

La main de Nemo adolescent (seize ans) caresse le visage d'Anna. Elle se réveille. Ils sont blottis l'un contre l'autre. Nemo l'embrasse. Ils s'embrassent de plus en plus frénétiquement. Nemo et Anna font l'amour en silence. Ils font l'amour les yeux ouverts, en se regardant, en retenant leurs mouvements et leur souffle. Ils jouissent et se couvrent de baisers. Ils s'embrassent comme des fous. Ils sont pris d'un grand rire, ils essaient de ne pas faire de bruit.

INTÉRIEUR, APPARTEMENT DE LA MÈRE
– MATIN

Nemo traverse subrepticement le couloir en se rhabillant. Il tombe en essayant d'enfiler son pantalon de pyjama. Il a l'air épuisé. On entend un souffle rauque qui vient de la chambre des parents, comme un bruit de fornication... Nemo voit par la porte ouverte un match de tennis à la télévision. C'est le souffle rauque des joueurs qu'on entend.

EXTÉRIEUR/INTÉRIEUR, APPARTEMENT
DE LA MÈRE – JOUR

Un soleil d'été. Nemo et Anna sont étendus sur la terrasse, en maillot, avec des lunettes de soleil. Ils somnolent, épuisés, feignant de lire un livre. Le pied d'Anna glisse discrètement le long de la cuisse de Nemo.

Le père d'Anna et la mère de Nemo s'apprêtent à sortir de la maison.

LA MÈRE DE NEMO
On va faire une course, on revient dans une heure.

LE PÈRE D'ANNA
Anna, met un chemisier... Tu vas attraper un coup de soleil.

Le père les regarde de façon insistante, comme s'il avait un soupçon. Dès que la porte s'est fermée, ils se jettent l'un sur l'autre en s'embrassant, ils se roulent sur la table du petit déjeuner en renversant tout par terre, ils roulent sur le sol, ils se déshabillent. Anna le serre entre ses jambes, ils roulent sur le divan, ils roulent sur le tapis en riant.

Ils reprennent leur souffle. Nemo prend un glaçon dans un verre renversé et le fait glisser doucement sur la peau d'Anna. Il regarde la peau se contracter en chair de poule. Il fait glisser le glaçon de son bras jusqu'à son ventre, puis sur les extrémités de ses seins qui se tendent.

ANNA
Je veux toi.

NEMO
Je veux toi.

Un silence. Nemo a un regard triste.

ANNA
À quoi je pense ?

Elle ferme les yeux. Nemo en profite pour l'embrasser.

NEMO
Tu penses « je t'aime ».

ANNA
(ouvrant les yeux)
Oui, c'est ça... À quoi tu penses ?

Anna ferme les yeux. Nemo l'embrasse.

NEMO
Je pense à ce qui se serait passé si on ne s'était pas rencontrés... Peut-être que je serais avec mon père. Mais il me manquerait le principal.

ANNA
Quoi ?

NEMO
Toi.

Anna se serre contre lui.

ANNA
Tu devines notre avenir ?

NEMO
J'ai arrêté de deviner l'avenir. Ça me fait peur quand je ne te vois pas. J'ai pas envie d'un avenir où tu n'es pas.

INTÉRIEUR, APPARTEMENT DE LA MÈRE – NUIT

C'est la nuit. Nemo passe dans le couloir éteint, sur la pointe des pieds. On n'entend plus des bruits d'amour dans la chambre des adultes, mais un bruit de dispute.

Nemo et Anna sont couchés côte à côte. Ils superposent leurs mains. Ils se caressent. Ils se respirent. Ils sentent leurs peaux.

Anna dépose une goutte d'encre sur son poignet. Elle chauffe la pointe d'une aiguille à la flamme d'une bougie. Elle se pique à travers l'encre. Elle demande à Nemo de continuer. C'est un tatouage. Un demi-cœur. Puis c'est au tour de Nemo de déposer une goutte d'encre sur son poignet. Anna lui fait le même tatouage. Ils les placent l'un contre l'autre pour former un cœur en entier.

          ANNA
Pour toujours.

          NEMO
Pour toujours. Quoi qu'il arrive. Je ne pourrais pas vivre sans toi.

          ANNA
Moi non plus.

INTÉRIEUR, MAISON DU PÈRE – AUBE

Nemo adolescent dort. Sa tête repose sur son avant-bras qui ne porte pas de marque de tatouage. Il se réveille, se lève.

Nemo et son père sont dans la salle de bains. Nemo étale de la mousse à raser sur le visage de son père et le rase consciencieusement. Il est calme et attentionné, ses gestes sont précis. La lame glisse sur le cou du père. Il a terminé et lui passe de l'after-shave.

              LE PÈRE
    Vous ressemblez à mon fils.

              NEMO
    Je suis ton fils, papa.

              LE PÈRE
    Mon fils est plus grand que vous.

Nemo va placer son père devant la fenêtre. Le père regarde les nuages qui défilent lentement, dans le cadre de la fenêtre.

INTÉRIEUR, MAISON DU PÈRE – NUIT

Nemo est dans sa chambre, assis devant la machine à écrire. Il frappe les touches rapidement. Les pages se remplissent.

NEMO ADOLESCENT (OFF)

... La navette spatiale était encore à soixante-sept mille kilomètres de Mars, et déjà on apercevait les deux lunes, Phobos et Deimos. Ils se préparaient à attendre sept cent soixante-dix-neuf jours sur place que Mars se rapproche à nouveau de la Terre.

INTÉRIEUR/EXTÉRIEUR, VAISSEAU SPATIAL – NUIT

Le visage immobile de Nemo adulte, recouvert de givre dans son conteneur. Les voiles de la navette se replient. La planète Mars apparaît immense et rouge. Elle est magnifique. Sa surface est striée de vallées, et on devine la présence de quatre villes.

NEMO ADOLESCENT (OFF)
L'ordinateur de bord afficha le message...

À bord de la navette spatiale, l'ordinateur de bord affiche le message FIN DE L'HIBERNATION.

INTÉRIEUR, MAISON DU PÈRE – NUIT

On voit les frappes de la machine à écrire qui écrivent sur le papier blanc : F-I-N D-E L-'-H-I-B-E-R-N-A-T-I-O-N... Nemo relit la phrase et s'arrête. Il sort la feuille de la machine à écrire et la place sur la pile des autres feuilles de son roman.

EXTÉRIEUR, RUES DU VILLAGE – NUIT

Il fait noir. Nemo marche vers le village. Il s'arrête devant la salle des fêtes. Il y a de la musique. Nemo hésite. Il prend une pièce de monnaie dans sa poche, tire à pile ou face, mais n'arrive pas à rattraper la pièce qui tombe dans l'égout. Nemo entre.

INTÉRIEUR, SALLE DES FÊTES – NUIT

Il y a du monde dans la salle des fêtes, surtout des jeunes. Il entend un éclat de rire. Il regarde de loin une fille de son âge, Élise, qui rit. Elle se tourne vers lui. Elle lui fait un petit signe de la main. Un beau jeune homme, STEFANO, est à côté d'elle. Élise s'accroche à son bras, Stefano tient la main de sa petite amie et l'embrasse. Élise lui souffle quelque chose à l'oreille.

STEFANO
T'es dingue ou quoi ?

Élise devient livide. Elle passe du fou rire à la crise de larmes. Elle s'accroupit par terre. Nemo s'immobilise pour regarder.

STEFANO
Allez, c'est pas grave, j'ai rien dit de méchant.

Quelqu'un veut relever Élise, qui tape des pieds par terre, puis essaie de se contenir et fond en larmes. Les gens sont mal à l'aise. Élise se fraie un passage à travers la foule. Elle se dirige droit vers Nemo et se plante en face de lui.

ÉLISE
On y va, Nemo ?

NEMO
Pardon ?

ÉLISE
On y va ? On s'emmerde ici.

Elle le prend par le bras et le tire vers la sortie.

EXTÉRIEUR, RUE – NUIT

Nemo et Élise sortent de la salle des fêtes. Nemo est mal à l'aise.

NEMO
Comment tu connais mon nom ?

Élise a encore les yeux pleins de larmes. Elle hoquette. Il lui tend un mouchoir. Elle le refuse.

NEMO
Tu vas te noyer.

Elle lâche un sourire. Elle regarde Nemo. Elle le trouve gentil. Elle prend le mouchoir, se mouche. Elle lui sourit.

ÉLISE
On est à la même école, mais tu ne m'as pas remarquée. Tu ne remarques jamais personne. Tu as une petite amie ?

NEMO
...

ÉLISE
Tu es pédé ? Pourquoi tu n'as pas de petite amie ?

NEMO
Je ne sais pas. Je n'ai pas envie.

ÉLISE
Parle-moi de toi. Avant tu faisais toujours pipi dans ton pantalon. Tout le monde te trouve bizarre. Tu es toujours tout seul. Parle. Dis quelque chose.

NEMO
...

ÉLISE
Je te plais ? Tu me trouves jolie ? À quoi tu penses ?

NEMO
J'ai un peu mal à la tête.

ÉLISE
On était voisins quand on était petits. Élise... tu ne te souviens pas ?

FLASH

Une petite fille avec une robe jaune regarde passer Nemo enfant, entourée d'une petite fille en robe rose et d'une autre en robe bleue.

NEMO
Élise !... Oui. J'avais l'impression que je t'avais vue ailleurs...

ÉLISE
Ça s'appelle un déjà-vu. Il paraît que c'est le signal envoyé par les yeux qui fait un détour par la mémoire avant de...

NEMO
Non, ce n'est pas ça...

FLASH

Nemo et Élise adultes dorment dans les bras l'un de l'autre entourés de leurs trois enfants.

        ÉLISE ADOLESCENTE
   Dans une autre vie, alors ? Moi, en tout cas, je me souvenais de toi !

Elle lui prend la main et s'approche de lui. Il lui serre la main. Ils se regardent dans les yeux. Il rougit, troublé. Elle approche son visage du sien. Il s'approche aussi. Elle recule.

            ÉLISE
   Tu ne devrais pas. Tu ne me connais pas... je ne suis pas quelqu'un de bien.

            NEMO
   Pourquoi tu dis ça ?

Elle se met à pleurer. Il lui caresse le visage. Elle s'approche de lui. Elle l'embrasse. Soudain elle fait demi-tour et s'en va en courant.

            NEMO
   Élise ! Attends !

            ÉLISE
   Je te téléphone !

NEMO
Tu n'as pas mon numéro !

INTÉRIEUR, MAISON DU PÈRE – NUIT

Nemo regarde le téléphone. Il ne sonne pas.

Assis à la table de sa chambre, Nemo écrit une lettre. Il écrit « Chère Élise »... puis il s'interrompt. Il la froisse, en reprend une autre. Il écrit « Ma chère É... ». Il la froisse de nouveau. Il est devant une page blanche. Il ne sait pas quoi écrire. Il tremble. Des gouttes perlent sur son front. Lentement, il écrit. Son stylo glisse sur la page avec un petit bruit aigu.

NEMO ADULTE (OFF)
Que se passe-t-il quand on tombe amoureux ? Suite à certains stimuli, l'hypothalamus déclenche une puissante libération d'endorphines...

INTÉRIEUR, STUDIO DE TÉLÉVISION – JOUR

Nemo adulte regarde la caméra. C'est une émission de vulgarisation scientifique. Une coupe du cerveau est en surimpression.

> **NEMO**
> Mais pourquoi justement cette fille-là ou cet homme-là ? Y a-t-il un dégagement de phéromones inodores, correspondant à un signal génétique complémentaire ? Ou bien des signes qu'on reconnaît ? Les yeux de la mère ? La fossette de la sœur ? Une odeur qui éveille un souvenir lié à un moment de bien-être ?

On voit des courts FLASHES d'Élise qui regarde Nemo. On voit ses yeux, de très près... On voit les yeux de la mère de Nemo. On voit le nez d'Élise. On voit la bouche, le menton. On voit les mains. La coupe de cheveux ressemble à celle de la mère. On voit Nemo qui la regarde, qui respire. On entre dans une narine. On voit des glandes qui se contractent, rouges, on voit le cœur qui bat plus vite, on voit le flux sanguin qui s'accélère...

> **NEMO**
> L'amour fait-il partie d'un plan ? D'une gigantesque guerre entre deux modes de reproduction ? Les bactéries et les virus sont des organismes asexués.

On voit des bactéries se multiplier par division. On voit leurs génomes se diviser en deux codes parfaitement identiques.

> NEMO
> À chaque division cellulaire, à chaque multiplication, ils mutent et se perfectionnent beaucoup plus vite que nous. À cela nous répondons par une arme redoutable : le sexe. Deux individus, en mélangeant leurs gènes, brouillent les cartes et fabriquent un individu d'autant plus apte à résister aux virus qu'il est dissemblable.

On voit les ADN se mélanger pour donner une combinaison différente.

> NEMO
> Sommes-nous sans le savoir les acteurs d'une guerre qui nous dépasse, une guerre entre deux modes de reproduction ?

Musique de générique. Les images arrêtent de défiler à l'arrière-plan de Nemo. On rembobine la bande. Le fond s'éteint pour laisser place à un *green key*. Nemo compulse ses papiers et regarde sa montre. Les lumières s'allument. Nous sommes dans un studio de télévision.

VOIX DANS LES HAUT-PARLEURS
O.K. C'est bon pour aujourd'hui.

          NEMO
      (à PIERRE, un assistant qui passe)
Ça allait ?

          PIERRE
Je trouvais ça bien.

Nemo sort son téléphone portable et compose un numéro.

          NEMO
Mon amour ? Je suis en retard.

INTÉRIEUR, MAISON DE NEMO ET ANNA – JOUR

Anna est à l'autre bout du fil, dans la cuisine. Les deux enfants jouent autour d'elle.

          ANNA
Pas de problème. On t'attend.

          NEMO (OFF)
Anna ! Je t'aime.

          ANNA
Moi plus.

                NEMO (OFF)
Moi plus.

                ANNA
Moi plus.

                NEMO (OFF)
D'accord.

                ANNA
Tricheur.

EXTÉRIEUR, STUDIO DE TÉLÉVISION – JOUR

Nemo raccroche. Il sort du studio d'un pas pressé. Il prend ses clés dans sa poche. Il monte dans sa voiture et démarre. Il croise un cycliste et l'oblige à freiner. Le cycliste s'arrête et le laisse passer.

EXTÉRIEUR, BOIS – JOUR

La voiture de Nemo roule à vive allure sur une route qui traverse un bois. Plus loin, des oiseaux virevoltent dans les branches en gazouillant. Ils se posent sur la route et picorent. Soudain la voiture de Nemo débouche. Un des oiseaux s'écrase sur le pare-brise. Nemo donne un coup de volant sur le côté, il dérape. La voiture zigzague. Nemo perd le contrôle du véhicule qui quitte la route et plonge dans une rivière...

EXTÉRIEUR, SOUS L'EAU – JOUR

La voiture coule sous l'eau... L'eau s'engouffre par la fenêtre entrouverte. Il n'y a plus d'air. Nemo se débat. Des bulles d'air sortent de sa bouche. Il frappe la portière en vain... Ses gestes ralentissent...

NEMO (OFF)
Merde... il faut revenir en arrière...

EXTÉRIEUR, GARE DE CAMPAGNE – JOUR

Nemo enfant court derrière le train qui emporte sa mère. Un bagagiste qui ressemble étrangement à Pierre passe avec son chariot devant Nemo. Nemo s'arrête et regarde le train s'éloigner.

EXTÉRIEUR, RUE D'ÉLISE – JOUR

Nemo adolescent est sur sa Mobylette, à l'arrêt. Il tient sa lettre à la main. Il observe une maison, voit Élise en sortir. Il se cache. Il va aller vers elle. Il n'ose pas. Il serre tellement fort sa lettre qu'elle se froisse. Il s'en va. Élise a juste le temps de le voir avant qu'il ne tourne le coin de la rue.

ÉLISE
Nemo !

Nemo n'entend pas. Il a disparu. Élise a l'air déçu.

INTÉRIEUR, CHAMBRE DE NEMO – NUIT

Nemo regarde l'enveloppe sur son bureau. Il ne l'a pas donnée. Il la déchire.

EXTÉRIEUR, RUE D'ÉLISE – SOIR

Nemo passe en Mobylette devant la maison d'Élise. Il s'arrête un peu plus loin. Il voit Élise qui sort de chez elle en riant avec Stefano. Nemo devient pâle. Leurs regards se croisent. Nemo baisse les yeux et continue sans faire un signe.

STEFANO
Tu le connais ?

ÉLISE
C'est Nemo. Il est bizarre. Il fait tout pour m'éviter.

EXTÉRIEUR, ROUTE – NUIT

Nemo fonce sur sa Mobylette. Il roule à tombeau ouvert. Le vent fouette son visage, les larmes lui coulent sur les joues. Il hurle, et sa voix est couverte par le vrombissement de la Mobylette. C'est la même route que d'habitude, on reconnaît les virages. La route défile. Le vent remplit les yeux de Nemo de larmes. Les virages sont serrés. Un peu plus loin, une feuille morte est posée sur la route. La Mobylette s'approche.

Soudain, c'est le dérapage. La Mobylette fait une embardée. Nemo s'écrase sur le sol. Il est couché sur le bord de la route, immobile. Plus rien ne bouge. L'huile de la Mobylette coule goutte à goutte sur l'asphalte.

Plus tard. Une ambulance est là. Il y a de l'agitation. Des flashes de lumière. Des pieds, des mains qui passent. On tente de le tenir éveillé. On l'emporte sur une civière. Les infirmiers lui disent des choses mais il n'entend rien. Il est dans l'ambulance, avec un masque à oxygène. On lui fait une piqûre.

INTÉRIEUR, HÔPITAL (1988) – JOUR

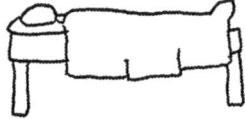

Un corps est couché sur un lit d'hôpital. Il est relié à toutes sortes de tubes, d'appareils respiratoires. Il ne bouge pas. C'est Nemo, seize ans. Son visage est à moitié recouvert par les appareils respiratoires et les sondes. On devine une présence auprès de lui. On devine une infirmière qui prend un thermomètre sous son bras.

    LA PREMIÈRE INFIRMIÈRE (OFF)
  Tu crois qu'il entend ? Tu l'as vu réagir ?

LA SECONDE INFIRMIÈRE (OFF)
Je ne sais pas. J'ai l'impression, c'est tout.

Nemo est cloué sur son lit et ne bouge pas un doigt.
La première infirmière se penche sur lui.

INFIRMIÈRE
Si vous m'entendez, est-ce que vous pouvez bouger un doigt ?

La main de Nemo. Il ne bouge rien.

NEMO (OFF)
Qui est là ?.... Qu'est-ce que je fais là ?....

INFIRMIÈRE
Est-ce que vous pouvez bouger les yeux ?

Les yeux de Nemo restent désespérément fermés.

NEMO (OFF)
Il faut que je sorte d'ici... Revenir avant l'accident... IL FAUT QUE JE ME RÉVEILLE !

On s'éloigne de lui à toute vitesse, en traversant les murs, les couloirs, la ville...

FLASH

On revoit à l'envers la chute en motocyclette...

EXTÉRIEUR, RUE D'ÉLISE – JOUR

Retour en arrière... Nemo est sur sa Mobylette, à l'arrêt. Il tient sa lettre à la main. Stefano s'éloigne sur le trottoir, Nemo ne l'a pas vu. Il observe Élise qui sort de sa maison. Il s'approche et s'arrête face à elle. Il la regarde droit dans les yeux. Elle est à la fois surprise et heureuse. Il lui donne l'enveloppe.

     NEMO
Je crois en une chose. Je crois qu'il faut toujours dire « je t'aime » aux gens qu'on aime.

Ils se regardent intensément.

     NEMO
Je t'aime.

Elle est bouleversée. Il l'embrasse sur la bouche. Elle le serre dans ses bras. Ils s'embrassent longuement, sans reprendre leur souffle. Soudain elle se reprend.

     ÉLISE
Je ne suis pas quelqu'un de bien, Nemo. Il... il ne faut pas. Je... j'aime Stefano.

     NEMO
Quoi ?

>ÉLISE
Stefano. Tu l'as vu, il était à la fête avec moi. Il ne m'aime pas. Il est avec... cette idiote...

>NEMO

Mais alors ?

>ÉLISE

Mais je l'aime quand même. Je ne peux pas m'en empêcher. Je suis amoureuse de lui. Je... je suis désolée.

Nemo est abasourdi. Il la regarde, immobile. Un papillon passe au-dessus d'eux et virevolte dans le ciel.

INTÉRIEUR, MAISON DU PÈRE – SOIR

Nemo est abattu. Il joue tout seul aux échecs. Son père le regarde avec tendresse.

>NEMO
Papa, je vais me marier.

>LE PÈRE DE NEMO

Avec qui ?

>NEMO

Avec la fille qui dansera avec moi ce soir.

INTÉRIEUR, SALLE DES FÊTES – NUIT

Soirée dansante dans la salle des fêtes. Nemo entre. Il voit Élise de l'autre côté de la salle. Leurs regards se croisent. Il veut aller vers elle, mais elle se détourne. Elle va inviter Stefano. C'est un slow, les lumières sont tamisées. Nemo la regarde. Elle se colle à Stefano, met les mains autour de son cou. Elle jette un coup d'œil vers Nemo. Nemo rougit, furieux, se détourne. Il va dans un autre coin de la salle. Il va inviter la première fille qui passe devant lui. C'est Jeanne adolescente. Elle lui sourit, elle a l'air très gentille.

JEANNE
Merci, Nemo.

Ils vont sur la piste et dansent enlacés. Nemo regarde Élise danser avec Stefano. Il est furieux. Jeanne regarde Nemo. Élise leur jette un coup d'œil. Nemo regarde Jeanne. Il approche lentement son visage du sien. Elle recule un peu, hésite. Nemo approche ses lèvres des siennes et ils s'embrassent. Jeanne a un moment d'hésitation, puis elle se laisse aller, l'enlace. Élise s'efforce de sourire à Stefano. Elle fait mine d'être heureuse. Jeanne se serre contre Nemo. Elle est vraiment heureuse. Elle est amoureuse. Nemo est furieux. Il se laisse faire par Jeanne qui l'enlace, souriante, les yeux fermés, les larmes aux yeux. Elle chuchote :

                JEANNE
Nemo... Nemo...

Nemo ferme les yeux. L'image devient noire.

EXTÉRIEUR, ROUTE DE CAMPAGNE – NUIT

Nemo, le visage fermé, roule à toute vitesse sur sa Mobylette. Jeanne est à califourchon derrière lui et le serre dans ses bras.

          NEMO ENFANT (OFF)
     Ce jour-là, je déciderai un tas de conne-
     ries. UN. Que je ne laisserai plus jamais
     rien au hasard...

Nemo adolescent regarde droit dans la caméra et dit :

          NEMO ADOLESCENT
     UN. Je ne laisserai plus jamais rien au
     hasard. DEUX. Je vais épouser la fille qui
     est assise sur ma Mobylette. TROIS. Je
     serai riche. QUATRE. Nous aurons deux
     enfants. Paul et Michaël. CINQ. J'aurai
     une décapotable jaune et une piscine.

J'apprendrai à nager. Six. Je ne m'arrête pas tant que je n'y suis pas arrivé.

Le discours est entrecoupé de FLASHES : Jeanne adulte. La maquette d'une grande maison. Une petite voiture jouet décapotable jaune. Deux personnages d'enfants en plastique, posés devant la maquette de la maison par une main d'enfant.

EXTÉRIEUR, JARDIN DE NEMO ET JEANNE – AUBE

La grande piscine chez Nemo et Jeanne, à l'aube. Nemo adulte, en robe de chambre, est en haut du plongeoir, une bouteille de whisky à la main. Il tombe en avant et tournoie en l'air quelques secondes avant de plonger sous l'eau.

EXTÉRIEUR, JARDIN DE NEMO ET JEANNE – JOUR

La grande propriété. Une décapotable jaune devant l'entrée du garage. Un jardinier tond la pelouse. Nemo flotte dans la piscine, presque immobile. Jeanne crie et plonge tout habillée pour le sauver.

Noir.

      PAUL (OFF)
Papa ?... Papa ?

      JEANNE (OFF)
Paul, ne réveille pas ton père !

Nemo ouvre les yeux brusquement. Il était endormi sur une chaise longue, un jus de fruits à la main, au bord de la piscine recouverte d'une bâche. Nemo regarde Jeanne.

      NEMO
Élise ?

La femme a l'air étonné. Nemo dépose le verre.

      JEANNE
C'est moi, Jeanne...

      NEMO
Jeanne... ah oui...

      JEANNE
Retourne jouer, Paul.

Paul s'éloigne. Nemo a le regard vide. Ses enfants jouent avec un chien et rient. Nemo veut reprendre le verre mais il n'y est plus.

> NEMO
> Je n'avais pas un verre ?

> JEANNE
> Non... Tu es encore fatigué, Nemo. Il faut que tu te reposes.

Elle le regarde, un instant silencieuse.

> JEANNE
> Nemo... Est-ce que je compte pour toi ?

Nemo la regarde.

> JEANNE
> Je voudrais juste te poser une question. Est-ce que tu l'as fait exprès ?

Nemo la regarde sans comprendre. Jeanne sort un papier de sa poche. Elle le déplie. Elle le montre à Nemo.

> NEMO
> C'est moi qui ai écrit ça ?

Elle lui montre le papier.

> NEMO
> C'est mon écriture. Je ne me souviens pas...

> JEANNE
> J'ai trouvé ceci sur ta table de nuit.

(elle lit)
« Il y a un moment dans la vie où tout devient étroit. Les choix ont été faits. Je ne peux plus que continuer. Je me connais comme ma poche, je peux prévoir chacune de mes réactions. Tout est prévisible. Ma vie est coulée dans le béton avec airbag et ceinture de sécurité. J'ai tout contrôlé. J'ai tout fait pour arriver là, et maintenant que j'y suis je me fais chier. Le plus difficile, c'est de savoir si je suis encore vivant. »

INTÉRIEUR, BUREAU – NUIT

Nemo est dans son bureau, plongé dans l'obscurité. Il y a une photo de Jeanne sur son bureau. Il regarde la flamme d'une bougie. Il met sa main par-dessus la flamme, pour voir si ça brûle. Il la garde le plus longtemps possible. Sa main commence à fumer.

INTÉRIEUR, CHAMBRE D'ANNA
CHEZ LA MÈRE – JOUR

Nemo adolescent se réveille brusquement. Il regarde sa main, qui n'a rien. Une chevelure blonde dort à côté de lui. Il l'examine. C'est Anna. Ils sont dans la chambre d'Anna. Elle se réveille aussi.

NEMO
Jeanne ?

ANNA
Qu'est-ce que tu dis ?

NEMO
Anna, c'est toi ?.... J'ai fait un rêve... bizarre.

ANNA
Parfois tu m'inquiètes.

Nemo et Anna sont couchés côte à côte. Ils superposent leurs mains.

NEMO
Je veux toi.

ANNA
Je veux toi aussi. J'ai peur, Nemo.

NEMO
Peur ? De quoi ?

Ils entendent un bruit. Nemo se lève précipitamment. Il regarde l'heure, enfile un tee-shirt à toute vitesse.

ANNA
Vas-y vite !

Nemo entrouvre la porte, regarde. Personne dans le couloir. Il le traverse sur la pointe des pieds. On n'entend plus des bruits d'amour dans la chambre des parents, mais un bruit de dispute.

INTÉRIEUR, APPARTEMENT DE LA MÈRE – JOUR

Le petit déjeuner. Personne ne parle. Le père d'Anna et la mère de Nemo ne se parlent pas. Ils se tirent la gueule. Anna et Nemo les regardent du coin de l'œil.

>   ANNA
> Ça va ?

>   LE PÈRE D'ANNA
> Ça va très bien. Occupe-toi de tes affaires.

Tout le monde replonge le nez dans son assiette, en silence.

>   LA MÈRE DE NEMO
> Bon, c'est important que vous sachiez... Dans la vie, tout ne se passe pas toujours comme prévu. Harry et moi nous pensons... La vie n'est pas toujours comme on croit qu'elle va être.

>   NEMO
> De quoi tu parles ? Je comprends rien.

LA MÈRE DE NEMO
Anna est déjà au courant.

Nemo se tourne vers Anna, qui détourne les yeux.

LA MÈRE DE NEMO
Harry et moi, nous allons nous séparer.

Nemo regarde sa mère, l'air de ne pas y croire.

NEMO
Quoi ? Mais pourquoi ? Vous avez pas le droit, je... qu'est-ce qui vous...

LE PÈRE D'ANNA
Vous n'y êtes d'ailleurs pas pour rien. Je ne sais pas ce qui se passe entre vous et je ne veux pas le savoir. C'est malsain. Vous êtes frère et sœur. Il vaut mieux que...

ANNA
On est PAS frère et sœur !

Anna court dans sa chambre et claque la porte. Nemo la suit.

INTÉRIEUR, CHAMBRE D'ANNA – JOUR

Nemo fait irruption dans la chambre d'Anna, qui évite son regard. Il ferme la chambre à clé.

NEMO
Tu savais ?... et tu ne m'as rien dit ?

Il se détourne, furieux. Anna le prend dans ses bras, elle le serre, elle sanglote. Il se tourne vers elle, il pleure aussi. Le père tambourine à la porte.

NEMO
Où ça ? Vous partez où ?

ANNA
À New York. Dans dix jours. Mon père a trouvé un travail là-bas.

Ils sont tous les deux abattus. Ils ne bougent plus. Ils se serrent l'un contre l'autre.

ANNA
Rendez-vous tous les dimanches en dessous de l'arbre. D'accord ? Jusqu'à ce qu'on se retrouve. Pour toute la vie. D'accord ? Tout n'est pas fini. On a encore du temps. Il faut profiter de chaque minute.

Ils s'embrassent.

Un peu plus tard. Ils sont couchés sur le sol, immobiles, la main dans la main. La lumière du soleil se déplace dans la chambre. Eux ne bougent pas. C'est interminable.

NEMO
Dix jours, ça fait... quatorze mille quatre cents minutes. Je voudrais que tout s'arrête maintenant et que ça reste comme ça pour toujours.

ANNA
Il paraît que si on arrive à ralentir sa respiration, le temps aussi se ralentit. C'est les hindous qui disent ça.

Ils se regardent dans les yeux, sans bouger, en se tenant les mains. Ils retiennent leur souffle.

Un peu plus tard, dans la nuit. Ils font l'amour, presque sans bouger, au ralenti.

Un peu plus tard. Ils regardent le soleil se lever à travers la fenêtre. Les branches des arbres se balancent au ralenti... Ils se tournent l'un vers l'autre au ralenti. Leurs doigts se touchent. On entend le goutte-à-goutte du lavabo.

Une goutte se détache du robinet, ralentit sa chute... et s'immobilise dans l'air, comme si le temps s'était arrêté.

EXTÉRIEUR, ESPACE ET DIVERS – JOUR

Les planètes ralentissent leur mouvement de rotation...

> NEMO ADULTE (OFF)
> Est-ce que le temps s'immobilisera lorsque l'expansion de l'Univers arrivera à sa fin ?

On recule, on s'éloigne du système solaire, on voit les galaxies, on s'éloigne encore, on voit un amas de galaxies, on recule encore, on voit comme une brillance, une goutte. On recule encore et on voit qu'il s'agit du liquide lacrymal d'une paupière, on voit un œil. On recule encore. C'est l'œil d'un chien...

> NEMO ADULTE (OFF)
> Est-ce que l'Univers est une particule minuscule d'un ensemble bien plus grand ? Est-ce que l'Univers entier se trouve dans une molécule microscopique, au bord de la paupière d'un chien errant ?

EXTÉRIEUR, ROUTE – JOUR

Un chien errant marchant au bord d'une route ralentit sa course jusqu'à s'immobiliser en l'air.

INTÉRIEUR, CHAMBRE DE NEMO – JOUR

Les ombres des mains des deux adolescents sur le mur... Elles se touchent, se caressent... De la poussière danse dans l'air, autour de leurs doigts... par la fenêtre, les feuilles tombantes de l'automne sont suspendues en l'air...

De très près, la bouche, les lèvres d'Anna...

>   ANNA
> Est-ce que tu sens ton cœur qui bat ?

Elle passe son doigt sur le cou de Nemo. Une veine y bat très lentement, au rythme du cœur. On entend des coups sourds au loin.

INTÉRIEUR, CHAMBRE DE NEMO – NUIT

Nemo et Anna dorment l'un contre l'autre, les yeux ouverts... Anna touche de son nez la peau de Nemo...

>   ANNA
>   *(chuchote)*
> Il faut que je me souvienne de l'odeur de chaque partie de ton corps. Je n'oublierai jamais.

Elle promène son nez sur le torse de Nemo.

>   ANNA
>   *(chuchote)*
> Tu es le premier et le dernier que j'aimerai.

>   NEMO
>   *(chuchote)*
> Tu es la première et la dernière.

Ils font l'amour.

    ANNA
  On se retrouvera en dessous de l'arbre.
  On s'écrira, aussi...

Ils s'embrassent. Ils se serrent l'un contre l'autre.

INTÉRIEUR, COULOIR DANS
L'APPARTEMENT DE LA MÈRE – JOUR

La chambre d'Anna est vide. Les caisses s'entassent dans le couloir. Le père d'Anna y déambule. Des déménageurs embarquent les affaires.

INTÉRIEUR, APPARTEMENT DE LA MÈRE
– SOIR

Nemo s'enferme dans sa chambre. Il se colle contre la porte. Il ne veut pas voir ça. Il pleure.

   LE PÈRE D'ANNA (OFF)
  Anna, on s'en va...

Nemo n'ouvre pas. Il écoute à la porte. Il se baisse et regarde par le trou de la serrure. Par le trou, il voit l'œil d'Anna. Il l'entend chuchoter :

ANNA (OFF)
... je t'aime...

Un bruit. L'œil d'Anna n'est plus visible. La porte d'entrée se ferme.

Nemo ouvre la porte de sa chambre et court le plus vite qu'il peut pour les rattraper. Il dévale l'escalier.

EXTÉRIEUR, RUES DE LA VILLE – NUIT

Nemo arrive dans la rue juste au moment où la voiture démarre. Il voit les deux feux arrière rouges s'éloigner et tourner dans une rue à gauche. Nemo coupe par une ruelle parallèle. Il court le plus vite qu'il peut. Il est à bout de souffle, il grimace, mais accélère encore. Il voit par une contre-allée qu'il court à la même hauteur que la voiture. La voiture le dépasse un peu. Nemo accélère. Il renverse des poubelles. Les palissades de la ruelle défilent.

Il arrive dans une rue plus large. Il voit les phares tourner dans la rue et venir vers lui. Nemo s'arrête et sans hésiter se met en travers de la route en écartant les bras dans le noir pour stopper la voiture. Les phares s'approchent. La lumière des phares l'aveugle, il plisse les yeux. Les phares s'approchent encore, sans ralentir... Ils sont tout près. Soudain, chacun des deux phares passe de chaque côté de lui. Nemo n'en revient pas. Il se retourne. C'étaient deux Mobylette qui continuent leur chemin.

UN DES MOTOCYCLISTES
Hé, gamin, ne reste pas là !

Nemo les regarde partir, hébété, désespéré. Il hurle dans la nuit :

NEMO
ANNAAAAAA !

INTÉRIEUR, VAISSEAU SPATIAL – NUIT

Le visage gelé de Nemo adulte. Du givre s'accroche à sa barbe et à ses cils. Sa peau est presque bleue. Des sondes donnent l'indication de faibles battements espacés du cœur.

NEMO ADULTE (OFF)
(chuchote, très présent)
Anna !... Anna ?...

FLASH

Les trois petites filles dans leurs robes de couleur : Anna, Élise, Jeanne.

NEMO ADOLESCENT (OFF)
« Après quatre-vingt-dix jours, l'ordinateur de bord maintenait toujours le métabolisme des passagers au niveau d'une grenouille en hibernation. »

Le visage gelé de Nemo. Une grenouille gelée dans un des conteneurs. On entend une musique indienne.

INTÉRIEUR, HÔPITAL (1988) – JOUR

Un chant indien provient d'une télévision... Dans le local du personnel de garde, un infirmier indien regarde un film aux couleurs chamarrées : un chanteur indien déclare sa flamme à une belle. Nemo adolescent, dans le coma, est couché, immobile, sur son lit d'hôpital, relié à des machines.

NEMO ADOLESCENT (OFF)
« Il avait toujours été fasciné par le fait que certaines grenouilles puissent passer l'hiver entièrement gelées, et que, le printemps venu, virgule, elles se remettent à vivre. Point. L'ordinateur de bord afficha... »

INTÉRIEUR/EXTÉRIEUR, VAISSEAU SPATIAL – NUIT

À bord de la navette spatiale, l'ordinateur de bord affiche le message FIN DE L'HIBERNATION. La glace sur le

visage de Nemo fond instantanément et ruisselle sur
son visage. Il reprend des couleurs. Les fonctions
vitales reviennent à la normale : pouls, cerveau, système nerveux... Les portes des sas d'hibernation s'ouvrent en même temps. Les pilotes en sortent, encore
un peu engourdis. Une musique classique accueille
leur réveil. Un chariot robotisé passe avec des jus de
fruits. On voit la planète Mars qui apparaît dans le
champ de vision de la navette, immense et rouge. On
devine la présence de quatre villes. Des petites lumières
brillent à la surface. Les quatre villes ont la forme de
lettres : M-A-R-S. Nemo regarde, émerveillé.

LE COPILOTE
J'espère que tu as pris assez de mots croisés.
Voilà A-Ville, avec un « A » comme dans
« Absence d'Aventure ». Qu'est-ce qui m'a
pris d'accepter ce boulot ?

NEMO
Réaliser un rêve d'enfant ?

LE COPILOTE
Dans la vie, il y a deux tragédies. L'une
est de ne pas réaliser ses rêves. L'autre est
de les réaliser.

INTÉRIEUR, HÔPITAL (1988) – JOUR

Nemo reste entièrement immobile.

NEMO (OFF)
Si je pouvais au moins bouger les doigts...
ou les yeux... Quelqu'un est rentré...

Le plancher vibre doucement sous les pieds d'une infirmière qui entre dans la pièce. Elle ouvre les rideaux.

NEMO (OFF)
Le jour... c'est le jour... il y a du soleil...
C'est plus chaud à droite qu'à gauche...

L'infirmière le déshabille. Il sent qu'on lui soulève le bras.

NEMO (OFF)
C'est une autre que ce matin... pas le même parfum... Elle a les mains douces...

Elle le lave. Il sent le gant de toilette sur sa peau. Le soleil éclaire son visage, et l'ombre de l'infirmière passe et repasse sur lui. Nemo sent avec plaisir le contact des mains sur sa peau. Le gant glisse sur la poitrine. Un rayon de soleil baigne le visage de Nemo. La jeune infirmière a un geste de tendresse inattendu pour l'adolescent. Elle regarde autour d'elle si personne ne la voit, puis elle l'embrasse sur le front.

NEMO (OFF)
Élise... ? Est-ce que c'est Élise ?

La musique indienne s'amplifie.

FILM INDIEN

Le soleil brille dans le ciel. Le héros chante pour sa belle. Ils galopent à cheval sur les collines. Ils s'embrassent.

EXTÉRIEUR, RUE D'ÉLISE – JOUR

Retour en arrière... Nemo tient sa lettre à la main. Il s'arrête face à Élise. Il la regarde droit dans les yeux.

          NEMO
Je crois en une chose. Je crois qu'il faut toujours dire « je t'aime » aux gens qu'on aime.

Ils se regardent intensément.

          NEMO
Je t'aime.

Elle est bouleversée. Il l'embrasse sur la bouche. Soudain elle se reprend.

          ÉLISE
Je ne suis pas quelqu'un de bien, Nemo. Il... il ne faut pas. Je...

          NEMO
C'est toi que j'aime.

>   ÉLISE
> Il faut que je te dise...

Il lui met un doigt sur les lèvres pour la faire taire.

>   NEMO
> Chut... Ne dis rien...

Il l'embrasse. Elle hésite, puis le serre dans ses bras. Ils s'embrassent longuement, sans reprendre leur souffle. Un cerf-volant passe à l'arrière-plan.

INTÉRIEUR, CHAMBRE DE NEMO
CHEZ SON PÈRE – JOUR/NUIT

Nemo et Élise adolescents sont au lit, nus. Ils roulent l'un sur l'autre, s'embrassent. Il y a un plateau à côté d'eux avec des restes de nourriture. Ils ont passé la journée au lit. Ils jouent avec les ombres sur les murs. Ils font des ombres chinoises. Ils regardent la lumière se promener sur la surface de la peau.

>   NEMO
> Je ne pourrais pas vivre sans toi.

EXTÉRIEUR, ÉGLISE – JOUR

Nemo et Élise adultes sortent de l'église sous une pluie de riz. Ils sont mariés. Ils montent dans une voiture blanche ornée d'un ruban, qui porte l'inscription *just married*. Ils démarrent.

INTÉRIEUR, CHAMBRE DE NEMO ET ÉLISE (2006) – JOUR

Sonnerie de réveil. Nemo et Élise ont trente-quatre ans. Ils dorment côte à côte. Nemo se lève. La scène est identique à celle du début. Nemo va dans la salle de bains. Nous restons avec Élise, qui lui tourne le dos. Elle a les yeux ouverts. Des larmes coulent sur sa joue. Nemo ne l'a pas vue pleurer. Il revient dans la chambre. Il se couche sur le lit à côté d'Élise. Elle ouvre les yeux. Dès qu'elle le voit, elle se met à pleurer.

NEMO
Qu'est-ce qu'il y a ?

ÉLISE
Je rêvais que j'étais ailleurs...

NEMO
Qu'est-ce que tu veux dire ?

ÉLISE
Rien.

NEMO
Tu veux qu'on fasse un tour, aujourd'hui ? Tu veux que je...

ÉLISE
Je ne veux rien. Je n'ai envie de rien.

Elle se remet à pleurer, son menton tremble, elle est secouée des pieds à la tête.

ÉLISE
Je suis nulle... je ne vaux rien, je n'en peux plus de cette vie...

NEMO
Tu n'es pas nulle, tu es formidable. Tu es épuisée, c'est tout. Ça va aller, tu vas t'en sortir. Regarde... tu as des enfants formidables, tu...

ÉLISE
Arrête d'essayer de me remonter le moral, ça me culpabilise encore plus.

Élise est couchée, en pleurs. Nemo la regarde, impuissant.

ÉLISE
Mais qu'est-ce que j'ai, mais qu'est-ce que j'ai ?

Elle se tourne vers lui.

ÉLISE
Mais fais quelque chose !... Fais quelque chose pour que ça s'arrête !

> NEMO
> Je crois que ça serait bien si j'appelais un médecin.

Elle se retourne vers lui, les lèvres serrées, et le menace de l'index.

> ÉLISE
> Pas de médecin !

Nemo pose la main sur son épaule. Elle se dégage brusquement. Nemo la pose à nouveau, elle se dégage de nouveau.

> ÉLISE
> Je n'ai pas envie que tu me touches.

INTÉRIEUR, MAISON DE NEMO ET ÉLISE – JOUR

Nemo fait le petit déjeuner, les enfants sont à table. Ils sont un peu inquiets. Nemo tente d'avoir l'air léger.

> JOYCE
> Comment va maman ?

> NEMO
> Elle est fatiguée. Elle dort.

> NOÉ
> Elle est toujours fatiguée.

JOYCE
(*l'air de ne pas y prêter attention*)
Elle est en dépression ?

NEMO
Elle a des hauts et des bas...

JOYCE
Moi, en tout cas, à la prochaine crise de maman, je vais habiter ailleurs.

Nemo s'immobilise, la regarde. Il ne sait pas quoi répondre.

NEMO
Bon, quelqu'un a une blague ? Qu'est-ce qui est petit, vert, et qui monte et qui descend ?

ÈVE
Un petit pois dans un ascenseur. Elle est pas drôle. C'est de l'humour de vieux.

NEMO
Je vous amène à l'école. Joyce, ça va aller ?

JOYCE
Bien sûr. C'est pas parce que maman va pas bien que moi je ne vais pas aller bien.

EXTÉRIEUR, RUE DE L'ÉCOLE – JOUR

Il pleut. Nemo dépose les enfants devant l'école et redémarre. Il passe devant un car-wash, hésite et y va.

INTÉRIEUR, CAR-WASH – JOUR

Nemo est dans la voiture. De la mousse s'étale sur le pare-brise, balayée par une brosse rotative et bruyante. C'est joli. Des jets d'eau écartent la mousse sur les fenêtres latérales. La voiture avance toute seule, entraînée par la mécanique. Nemo regarde. Ça le détend.

INTÉRIEUR, APPARTEMENT DE LA MÈRE
– JOUR

Une photo d'Anna adolescente est posée sur le bureau. Nemo adolescent écrit une lettre. Sa mère passe à l'arrière-plan. Il ferme l'enveloppe, inscrit l'adresse d'Anna. Il ferme les yeux et se concentre...

          NEMO (OFF)
Anna.

INTÉRIEUR/EXTÉRIEUR, DIVERS
– JOUR/NUIT

Nemo glisse l'enveloppe dans une boîte postale. On voit le chemin que fait la lettre. L'adresse est lue par balayage optique. La lettre est prise dans un aiguillage de chenilles mécaniques. Elle est empaquetée parmi d'autres, ficelée. Le paquet est jeté parmi d'autres dans des grands sacs de toile. Les sacs sont transportés. Ils sont rouverts. Les ficelles des paquets sont coupées. Les lettres sont triées dans des petits casiers.

INTÉRIEUR/EXTÉRIEUR, NEW YORK
– MAISON DE HARRY – JOUR

Le facteur glisse la lettre de Nemo dans une boîte aux lettres. Harry sort de la maison, prend le courrier. Il déchire la lettre de Nemo.

INTÉRIEUR, APPARTEMENT DE LA MÈRE
– JOUR

La mère prend le courrier sous la porte. Discrètement, elle déchire une lettre et la met à la poubelle.

EXTÉRIEUR, PARC PUBLIC – JOUR

C'est l'hiver. Nemo est sous le grand arbre sous lequel lui et Anna se sont donné rendez-vous. Il est seul, assis

sur un banc. Le parc est désert. Nemo ferme les yeux
et se concentre.

NEMO (OFF)
Anna... Est-ce que tu m'entends ?

EXTÉRIEUR, NEW YORK – JOUR

C'est l'hiver. Anna marche dans une rue. Elle ferme les yeux...

ANNA (OFF)
Nemo... Je te parle tout le temps. Parfois j'ai du mal à me souvenir de tes yeux. Alors je panique. Je te reconstruis dans ma tête, petit à petit, jusqu'à ce que je te voie à nouveau...

INTÉRIEUR, APPARTEMENT DE LA MÈRE – JOUR

Il neige dehors. Des déménageurs sont en train d'emporter les caisses de la maison, sous les ordres de la mère.

INTÉRIEUR, APPARTEMENT DE LA MÈRE – SOIR

Il n'y a plus que quelques meubles dans la maison. Nemo est à table, face à sa mère. Il a les yeux rouges d'avoir pleuré. Il regarde son assiette sans appétit.

> LA MÈRE DE NEMO
> Allez, mange tes courgettes. Ça va te faire du bien.

Nemo regarde, désespéré, quelques rondelles de courgette dans son assiette.

ÉMISSION DIDACTIQUE

Un plant de courgette dans un jardin, avec ses larges feuilles. Nemo adulte apparaît en surimpression.

> NEMO ADULTE
> La courgette connaît-elle aussi la souffrance ?

Une chenille avance sur la feuille et commence à la manger. On voit le plant de courgette en coupe, dessiné, et une lueur rouge apparaît dans les racines et se répand dans les tiges. Le visage de Nemo adulte, en réflexion sur le prompteur. Le texte défile.

NEMO
Au moment où un insecte mord la feuille, la plante produit un goût amer qu'elle va diffuser dans ses feuilles.

L'insecte abandonne la feuille. On va sur une autre feuille : une sorte de coccinelle coupe les nervures et découpe une tranchée circulaire.

NEMO
L'*Epilachna borealis* a trouvé la parade : elle creuse une tranchée circulaire dans la feuille avant que l'amertume ne l'ait atteinte et se nourrit de l'intérieur.

L'insecte mange le disque de feuille comestible.

NEMO
Que ressent la courgette ? Est-ce de la souffrance ? Une sensation est-elle moins pénible si elle est transmise chimiquement plutôt que par un système nerveux ? Ou plus ? Est-ce que la courgette crie quand vous la mâchez ?

INTÉRIEUR, APPARTEMENT DE LA MÈRE – SOIR

La mère en train de mâcher une bouchée de courgette. Nemo regarde les rondelles de courgette dans son assiette.

LA MÈRE
Il faut se tourner vers l'avenir. Ce sera bien de changer de maison, d'avoir une nouvelle vie...

NEMO
Est-ce qu'on aura une piscine ?

LA MÈRE
Tu détestes l'eau. Tu ne sais pas nager. Tu ne sais jamais ce que tu veux.

NEMO
Si, je sais.

LA MÈRE
Ah, c'est nouveau. Et qu'est-ce que tu veux ?

NEMO
Je sais ce que je ne veux pas.

LA MÈRE
Et qu'est-ce que tu ne veux pas ?

NEMO
Je ne veux pas te ressembler.

La mère encaisse le coup.

NEMO
Tu ne sais rien de moi. Tu ne me connais pas. Plus tard, j'aurai une piscine.

EXTÉRIEUR, VILLA – MATIN

Nemo adulte est en train de passer un filet pour ramasser les feuilles à la surface d'une magnifique piscine dans le jardin d'une magnifique villa. Il a des gestes calmes et précis. Une image idyllique. Il a les cheveux plus longs, il est mal rasé.

Un homme sort de la maison, en peignoir, et lui passe quelques billets. Nemo le remercie et monte avec deux autres collègues dans une camionnette qui porte l'inscription ENTRETIEN DE PISCINES.

INTÉRIEUR, GARE URBAINE – JOUR

Nemo sort de la gare. À la grande horloge, il est 9 h 12. Dans le couloir, il passe à côté d'une jeune fille au crâne rasé qui fait la manche, assise par terre. Il lui donne une pièce. La jeune fille voit le tatouage. Une voix appelle :

UNE VOIX
Anna !

Nemo sursaute et se retourne. C'est un père qui appelle sa petite fille.

> NEMO (OFF)
> Anna... J'ai l'impression que je vais te croiser à chaque coin de rue...

Les nuages bougent plus vite, puis ralentissent. L'horloge de la gare indique 9 h 21. Anna sort de la gare. Elle a trente-cinq ans. Elle passe près de la jeune fille qui fait la manche et lui dépose une pièce. La jeune fille regarde le tatouage, identique à celui de Nemo, intriguée.

> CLARA
> Vous avez un chouette tatouage.

EXTÉRIEUR, GARE URBAINE – JOUR

Devant la gare s'étend une place. Anna s'assied à une terrasse. Elle commande un café. Nemo est assis à une dizaine de mètres d'elle. Ils se tournent le dos. Nemo regarde passer les gens, distraitement. Ils ne se voient pas.

> ANNA (OFF)
> Parfois je me dis que peut-être tu habites la même ville que moi et que je ne le sais pas. Nemo... est-ce que tu entends encore ma voix ?

Nemo regarde le ciel. Il prend une photo des nuages à l'aide d'un Polaroïd. Au bout d'un moment, il se lève et s'en va.

Quand Anna se retourne distraitement, il est déjà parti.

INTÉRIEUR, LOFT INDUSTRIEL DE NEMO – NUIT

Nemo entre dans une ancienne manufacture, très vide. Les murs sont de brique nue. Il n'y a pas de meubles, seul un matelas à même le sol, une table, une chaise... Nemo passe devant une photo d'Anna adolescente, posée en évidence. Il accroche le Polaroïd des nuages à côté de centaines d'autres épinglés sur les murs.

EXTÉRIEUR, RUE DE NEMO ET ÉLISE – JOUR

Au volant de sa voiture, Nemo – cheveux courts – revient chez lui et Élise. Il pleut. Au coin de la rue, il voit Élise marcher pieds nus sous la pluie, en chemise de nuit, en pleurant. Nemo descend de voiture, veut la prendre dans ses bras. Elle se débat.

ÉLISE
Je m'en vais ! Je m'en vais !

Des voisins viennent voir. Nemo arrive à la faire monter dans la voiture. Elle tombe en sanglots. Élise se gifle elle-même, elle se frappe la tête contre la vitre, elle s'arrache les cheveux, se griffe les joues. À chaque gifle elle dit :

ÉLISE
Tiens ! Tiens ! Tiens !

Nemo essaie de l'empêcher de se faire mal.

INTÉRIEUR, HÔPITAL – JOUR

Nemo attend dans un couloir d'hôpital. Élise sort du cabinet du médecin, les yeux rouges. Il la rejoint et ils sortent.

INTÉRIEUR, MAISON DE NEMO ET ÉLISE
– JOUR

Sur la table de nuit, des médicaments. Élise est couchée, les yeux fermés. Nemo se couche près d'elle. Il remarque qu'étrangement une étiquette avec le prix est encore accrochée à la lampe de chevet. Il l'arrache et la regarde, perplexe.

NEMO
J'ai donné ma démission. C'est mieux comme ça. Je vais trouver autre chose. Un boulot où je puisse être à la maison.

ÉLISE
Est-ce que tu m'aimes ?

NEMO
J'aime tes yeux. J'aime ta bouche. J'aime ta voix. J'aime comme tu bouges. J'aime

tes pommettes. J'aime le bruit de tes pas dans l'escalier. J'aime ta façon de manger des fraises. Tu as une façon unique de manger des fraises.

    ÉLISE
Tu aimes tout ça, mais moi, est-ce que tu m'aimes ?

    NEMO
Je ne pourrais pas vivre sans toi.

Il regarde son bras sur lequel il n'y a pas de tatouage. Lentement le tatouage apparaît sur sa peau. Nemo regarde sans comprendre... Il voit l'encre qui apparaît dans les pores de sa peau...

FLASH

Les trois petites filles...

EXTÉRIEUR, GARE – JOUR

Nemo enfant court derrière le train. Il évite de justesse le chariot du bagagiste. Il attrape la main que lui tend sa mère.

INTÉRIEUR, TRAIN – JOUR

Nemo adulte, les cheveux longs, se réveille en sursaut dans le train. Il regarde son tatouage.

INTÉRIEUR, GARE URBAINE – JOUR

À la grande horloge, il est 9 h 12. Nemo passe à côté de CLARA, la jeune fille au crâne rasé qui fait la manche. Elle le regarde passer. Les nuages bougent plus vite, puis ralentissent. L'horloge de la gare indique 9 h 21. Anna sort de la gare. Elle passe près de Clara. Clara essaie d'attirer son attention, mais Anna s'éloigne. L'horloge indique 9 h 22.

INTÉRIEUR, CHAMBRE D'HÔPITAL (2092) – JOUR

> NEMO VIEUX
> Tic-tac, tic-tac... Neuf minutes... Séparés par un océan de neuf minutes... Tic-tac, tic-tac...

Une femme de ménage nettoie le sol autour du lit de Nemo vieux. Elle ne l'écoute pas.

INTÉRIEUR, MAISON DE NEMO ET ÉLISE
– JOUR

L'horloge du salon. Il y a du bruit, de la musique. Nemo accroche une guirlande au plafond du salon. Les enfants l'aident. Ça court dans tous les sens, tout le monde rit. Des invités arrivent, les amis de classe de Joyce. Les plus grands dansent en sautant. Nemo passe au milieu des enfants en distribuant des morceaux de gâteau. Il a un petit chapeau pointu sur la tête et s'amuse vraiment. Joyce s'accroche à son bras au passage, le sourire aux lèvres. Elle crie :

>JOYCE
>Papa, la vie est formidable !...

Elle éclate de rire. Nemo prépare un plateau-repas.

INTÉRIEUR, CHAMBRE DE NEMO ET ÉLISE –
JOUR

Nemo entre dans la chambre. Élise est au lit. Il pose le plateau-repas.

>ÉLISE
>Je n'en peux plus... J'ai envie de mourir... Et ce bruit !...

>NEMO
>Je vais demander qu'ils fassent moins de bruit. Mais c'est l'anniversaire de Joyce...

>   ÉLISE
>   Est-ce que je n'ai pas droit à un peu de
>   respect ?

Nemo se tait.

>   ÉLISE
>   Mais quelle mère est-ce que je suis ? Il
>   faut que je me lève.

Élise s'extrait de son lit.

INTÉRIEUR, MAISON DE NEMO ET ÉLISE – JOUR

Élise descend l'escalier en peignoir. Elle se glisse parmi les enfants et les entraîne dans une farandole, avec un peu trop d'énergie et de joie. Les enfants sont d'abord étonnés. Élise rit. Elle court à quatre pattes derrière les enfants qui s'esclaffent. Elle monte sur la table et fait le chef d'orchestre. Tout le monde s'amuse. Nemo, un peu à l'écart, regarde la scène, ému.

INTÉRIEUR, CHAMBRE DES ENFANTS – NUIT

Élise est couchée sur un des lits des enfants, ses trois enfants tenus serrés autour d'elle, endormis. Nemo se couche à son côté. Il passe son bras autour d'elle. Elle se laisse faire.

ÉLISE
C'était une belle journée. La plus belle depuis longtemps.

Ils restent un long moment immobiles. Ils s'endorment.

INTÉRIEUR, CHAMBRE DE NEMO ET ÉLISE – MATIN

Élise entre dans la chambre. Elle a du mal à respirer. Nemo la rejoint.

ÉLISE
Ça y est... Ça revient... l'angoisse revient... J'ai peur...

NEMO
Tu veux un médicament ?

ÉLISE
J'en ai marre de ces médicaments. J'en ai marre des médecins. Ça ne sert à rien. J'ai peur... J'ai peur...

Elle se met à trembler et à pleurer. Nemo est assis sur le bord du lit.

ÉLISE
Mais fais quelque chose !... Je n'en peux plus. J'ai peur.

Nemo se couche près d'elle. Il la touche. Elle retire sa main.

>NEMO
>Je ne sais pas quoi faire. Je fais souvent ce rêve. Ça se passe pendant la préhistoire.

MAQUETTE – JOUR

Une main d'enfant pose un ours en plastique devant la maquette d'une grotte.

EXTÉRIEUR, PRÉHISTOIRE – JOUR

Élise est une femme préhistorique, qui porte un bébé dans ses bras. Elle est seule dans une grotte. Elle crie.

>NEMO (OFF)
>Je t'entends crier. Tu as peur.

Nemo – en homme préhistorique – accourt. Un ours attaque Élise. Nemo se plante devant l'ours et pousse des cris en faisant mine de lancer sa lance. L'ours s'éloigne. Nemo prend Élise dans ses bras pour la rassurer.

>NEMO (OFF)
>Je chasse l'ours. Il s'enfuit et tu n'as plus peur. Quand je me réveille...

INTÉRIEUR, CHAMBRE DE NEMO ET ÉLISE
– JOUR

Nemo se réveille en sursaut, redressé sur son lit. Élise a les yeux ouverts. Elle est terrorisée.

>   NEMO
>   Quand je me réveille, tu as toujours peur. Il n'y a pas d'ours.

EXTÉRIEUR, ZOO – JOUR

Nemo est assis sur un banc du zoo et regarde un ours qui dort derrière les barreaux.

>   NEMO (OFF)
>   Je ne suis pas un chasseur d'ours. Je fabrique des photocopieuses. Je n'ose pas bouger. Je ne vis rien. Quoi que je fasse, c'est la catastrophe. J'aimerais tellement chasser l'ours et que tu n'aies plus peur.

INTÉRIEUR, CHAMBRE DE NEMO ET ÉLISE
– JOUR

Nemo pose la main sur Élise. Elle se dégage brusquement.

ÉLISE
Je n'ai pas envie d'être touchée.

NEMO
Pourquoi ?

ÉLISE
Je ne sais pas. C'est comme ça. Il y a des gens qui n'ont pas envie d'être touchés. Je suis libre de ne pas avoir envie.

NEMO
Libre...

FILM DIDACTIQUE

Des œufs sont placés sous la lampe d'une couveuse. On voit les coquilles qui se fendent, des petits becs qui poussent de l'intérieur. Les oisillons sortent des œufs. Nemo adulte est face caméra, en incrustation, et commente :

NEMO
Dans quelle mesure les peurs sont-elles innées ? Lorsque l'on fait éclore des œufs d'oie en couveuse, et que l'on fait passer au-dessus des oisillons une forme qui représente une oie, les oiseaux tendent leur cou et appellent.

Un expérimentateur fait passer au-dessus des oisillons une forme en carton qui se découpe sur le plafond blanc. Les oisillons tendent le cou et appellent ce qu'ils prennent pour leur mère.

> NEMO ADULTE (OFF)
> Si par contre on inverse le sens dans lequel se déplace la silhouette, celle-ci ressemblera à celle d'un faucon, ailes en avant et une longue queue derrière. La réaction des oisillons sera immédiate, ils se terreront, bien qu'ils n'aient jamais vu de faucon.

L'expérimentateur inverse le sens de déplacement du leurre, et aussitôt les oisillons se couchent sans bouger dans leur nid, sans un bruit.

> NEMO ADULTE (OFF)
> Sans aucun apprentissage, une peur innée les aide à survivre. Mais, chez l'homme, à quels dangers anciens correspondent les peurs innées ?

Une souris. Une araignée. Un serpent.

INTÉRIEUR, GRANGE – JOUR

Nous sommes au XIXe siècle, dans une grange. Un soldat embrasse une fermière. Il lui écarte les jambes et la viole. D'un coup d'épée, il la tue.

INTÉRIEUR, MAISON DE NEMO ET ÉLISE
– JOUR

Élise tremble au fond de son lit. Elle a peur.

EXTÉRIEUR, RUE ET PARKING DE
SUPERMARCHÉ – JOUR

Nemo est au volant de sa voiture. Il est nerveux, fatigué. Il s'arrête à un feu rouge. Au volant de la voiture qui est à côté de lui se trouve Anna. Elle a des enfants sur le siège arrière. Un instant leurs regards se croisent. Ils ne font pas attention, ils ne se connaissent pas.

Il entre dans le parking bondé d'un supermarché. Au moment où il veut s'introduire dans une place libre, une autre voiture veut faire de même et lui bloque le passage pour lui prendre la place. Nemo ouvre sa vitre et engueule l'autre conducteur.

>NEMO
>J'étais là avant vous, ne faites pas comme si vous n'aviez rien vu.

L'autre conducteur a l'air encore plus irascible que Nemo.

>L'AUTRE CONDUCTEUR
>Recule !

Nemo sort de sa voiture. L'autre conducteur fait de même. Ils se toisent, s'insultent, se poussent, s'agrippent par la veste. Ils se battent, roulent sur le sol. Des passants essaient de les séparer.

FLASH

Dans la forêt. Les pieds de Nemo mort dépassent d'un buisson. Il lui manque une chaussure. Un promeneur s'approche du corps et le remarque. La scène est tournée à l'envers, les mouvements sont inversés.

INTÉRIEUR, SUPERMARCHÉ – JOUR

Excédé, Nemo entre dans le supermarché. Il saigne du nez. Il remplit le Caddie. À un moment, il regarde un produit pour laver les vitres. Sur l'étiquette, on voit une fenêtre ouverte. Nemo a une vision :

FLASH

Un court flash... la fenêtre de la chambre ouverte. Le corps étendu d'Élise, écrasé sur le sol de la terrasse, en bas de la fenêtre...

INTÉRIEUR, SUPERMARCHÉ – JOUR

Nemo est tout à coup pris d'angoisse. On voit une tache d'urine grandir sur son pantalon. Nemo court entre les rayons, il court et passe les caisses, il court vers sa voiture.

EXTÉRIEUR, MAISON DE NEMO ET ÉLISE – JOUR

La voiture pile devant la maison. Nemo en sort et court vers la maison.

INTÉRIEUR, MAISON DE NEMO ET ÉLISE – JOUR

On voit Élise raccrocher le téléphone. Nemo fait irruption dans la chambre. Élise est au lit. Elle a les yeux fermés. Nemo respire, soulagé.

Nemo va s'installer dans un petit réduit où est installée sa vieille machine à écrire. Il écrit...

INTÉRIEUR, NAVETTE SPATIALE – NUIT

La fusée est en approche de Mars. Les rétrofusées s'allument, des flammes lèchent le cockpit. On voit une ville s'approcher de nous, en forme de « A », sous un énorme dôme de verre. La fusée descend vers une ouverture au centre du « A ».

NEMO ENFANT (OFF)
Le plus pénible sur Mars était qu'il ne s'y passait rien. Le temps y semblait arrêté et vide. Il fallait juste attendre une longue année martienne : sept cent soixante-dix-neuf journées de vingt-quatre heures trente-sept minutes.

INTÉRIEUR, MAISON DE NEMO ET ÉLISE – JOUR

La machine à écrire de Nemo. Il n'écrit plus. Il est assis dans un fauteuil. Il regarde par la fenêtre les feuilles qui bougent, légèrement poussées par le vent. Puis les ombres que font les feuilles sur le mur du salon... Plus tard, le soleil a bougé... Nemo regarde la tache de lumière qui se déplace lentement sur le mur au fil des heures... Une mouche se pose sur sa main. Il ne bouge pas. Elle remonte le long de sa main. Il la regarde. La mouche fait sa toilette, et escalade sa manche. Nemo la suit des yeux, sans réaction. La mouche s'envole. Il regarde le plafond. Puis il regarde une goutte d'eau qui se détache du tuyau du radiateur. La goutte tombe sur le sol, dans une petite flaque. Nemo observe mais ne fait rien.

INTÉRIEUR, CAR-WASH – JOUR

De la mousse s'étale sur le pare-brise, balayée par une brosse rotative et bruyante. C'est joli. Des jets d'eau écartent la mousse sur les fenêtres latérales. La voiture avance toute seule, entraînée par la mécanique. Nemo est dans la voiture. Il a l'air d'apprécier le spectacle. Ça le détend.

EXTÉRIEUR, PASSAGE À NIVEAU – JOUR

Nemo arrête sa voiture à un passage à niveau. Un train passe devant lui.

On suit le train. On vole à sa hauteur. On entre dans un des compartiments.

INTÉRIEUR, TRAIN – JOUR

Nemo, cheveux longs, est assis dans le train. Il regarde sa main, celle qui porte le tatouage.

INTÉRIEUR, GARE URBAINE – JOUR

Il est 9 h 12. La gare grouille de monde. Nemo arrive dans le couloir, comme nous l'avons déjà vu faire, comme tous les jours. Il passe à côté d'un amas de cartons le long du mur. Il s'arrête. Une main dépasse des cartons. Nemo s'approche et les soulève. En dessous, le visage immobile de la jeune fille qui faisait la manche, Clara, morte. À côté, une seringue et un élastique. Le visage de la jeune fille est blanc, les yeux ouverts et immobiles.

INTÉRIEUR, GARE URBAINE – JOUR

Un peu plus tard. Les ambulanciers emmènent le corps de la jeune fille sur un brancard. Nemo est là et la regarde partir. Il ramasse sa veste. Il regarde l'heure sur la grande horloge. Il est 9 h 21.

Nemo voit arriver au bout du couloir la silhouette d'Anna. Il n'en croit pas ses yeux. Elle s'approche. Elle avance droit vers lui. Nemo et Anna se regardent... bouche bée. Ils avancent l'un vers l'autre. Ils tombent dans les bras l'un de l'autre, sans dire un mot. Ils se serrent, se regardent dans les yeux.

NEMO

Anna...

ANNA

Nemo...

Ils s'embrassent.

INTÉRIEUR, APPARTEMENT DE NEMO – JOUR/NUIT

Nemo et Anna s'embrassent. Ils tournent, dansent dans l'appartement à moitié vide de Nemo. Ils tombent sur un matelas posé sur le sol. Ils se regardent inlassablement dans les yeux. Ils font l'amour. Immobiles, ils se tiennent serrés l'un contre l'autre, nus, accrochés l'un à l'autre comme pour ne pas se perdre. Anna respire l'odeur de la peau de Nemo, centimètre par centimètre. Elle sourit. Elle regarde le tatouage de Nemo, met le sien tout contre.

Ils sont couchés dans l'eau du bain, l'un contre l'autre. Ils font des ronds.

                NEMO
    Je ne peux pas vivre sans toi.

Anna lui met un index en travers des lèvres.

                ANNA
    Chut... Doucement. Je dois me réhabituer. Je t'ai tellement parlé pendant que tu n'étais pas là, c'est étrange de te parler vraiment.

Ils sont couchés sur le lit. Ils regardent la lumière du soleil se déplacer sur les murs.

EXTÉRIEUR, VILLE – NUIT/JOUR

Ils sont assis sur un banc. Ils regardent, serrés l'un contre l'autre. C'est la nuit. Puis le soleil se lève. Puis il y a quelques voitures. Puis les éboueurs ramassent les poubelles. Puis les enfants vont à l'école. Puis les employés marchent d'un pas pressé.

ANNA
J'aime bien. J'aime bien regarder le temps...

NEMO
... qui passe...

ANNA
... avec toi.

Puis les camions livrent leurs marchandises. Puis les ouvriers du coin mangent leur casse-croûte. Puis les enfants sortent de l'école. Il pleut.

NEMO
Il pleut.

ANNA
On séchera.

Puis les employés rentrent chez eux d'un pas pressé. Il ne pleut plus. Puis les restaurants allument leurs enseignes. Puis c'est le soir. Anna et Nemo n'ont pas bougé d'un centimètre.

ANNA
C'était la plus belle des journées. Et la plus belle des nuits. Merci.

Elle l'embrasse sur les lèvres.

ANNA
J'ai besoin d'un tout petit peu de temps. Quand on a été séparés, à quinze ans, je me suis dit que je n'aimerais plus personne, jamais. Que je ne m'attacherais jamais. Que je ne resterais jamais quelque part. Que je n'aurais rien à moi. Puis un jour j'ai décidé de faire semblant de vivre.

Ils se regardent.

ANNA
Voilà ce que j'attends depuis qu'on a été séparés : renoncer à toutes les vies possibles pour une seule : avec toi. Mais j'ai besoin d'un petit peu de temps, Nemo. C'est beaucoup pour moi. C'est très fort, très vite. J'ai peur que tu me manques. J'ai peur de devoir encore une fois me passer de toi. Ça me terrifie.

NEMO
Mais je veux qu'on se revoie. Quand ?

Elle sourit.

NEMO
Tu n'aimes pas quand la vie ressemble à
du papier à musique.

Elle inscrit un numéro au marqueur sur un coin de
papier déchiré. Elle le lui tend.

ANNA
Dans deux jours, appelle-moi à ce numéro.
Tu n'auras qu'un mot à dire, et je viendrai.
Pour toute la vie. Rendez-vous sous l'arbre.
Mais si tu changes d'avis, si tu n'es pas sûr,
ne me téléphone pas. Je comprendrai.

Elle l'embrasse sur les lèvres. Elle se lève. Nemo hésite.
Il regarde le bout de papier. Il la regarde partir. Elle
tourne le coin de la rue. L'orage gronde au loin.

EXTÉRIEUR, CIEL PUIS VILLE – JOUR

Très haut dans le ciel, une goutte d'eau se forme par
condensation dans un nuage, et tombe de plusieurs kilomètres de haut. Elle s'approche de la terre, de la ville.
Elle passe entre les buildings, s'approche d'un homme
immobile sur le trottoir, Nemo, et s'écrase sur le petit
bout de papier qu'il tient en main, effaçant le numéro de

téléphone et ne laissant qu'une coulée d'encre sous la pluie. L'encre coule sur ses doigts. Une flaque d'encre diluée, exagérément grande, coule autour de ses pieds, jusque dans le caniveau. Le bout de papier est trempé et blanc.

INTÉRIEUR, HÔPITAL – NUIT

Nemo vieux rit. Il joue tout seul aux échecs. Le journaliste l'écoute et enregistre.

> NEMO VIEUX
> Vous voulez que je vous dise pourquoi j'ai perdu Anna ? Parce que deux mois plus tôt un chômeur brésilien s'est fait cuire un œuf...

INTÉRIEUR, STUDIO AU BRÉSIL – JOUR

Un Brésilien dans la cinquantaine, en sous-vêtements, dans un petit appartement délabré, est assis face à sa cuisinière à gaz, une cuiller à la main. Il se fait cuire un œuf à la coque. L'eau bout et dégage de la vapeur.

> NEMO ENFANT (OFF)
> La chaleur créera un microclimat, une légère différence de température...

La vapeur emplit la pièce... l'appartement, vu de l'extérieur, à travers la pièce ouverte... Les bâtiments, encastrés les uns dans les autres... La ville vue de haut...

EXTÉRIEUR, CIEL PUIS VILLE – JOUR

>NEMO ENFANT (OFF)
>... et une forte pluie deux mois plus tard à l'autre bout de la terre.

Une goutte d'eau se forme par condensation dans un nuage, et tombe. Elle s'approche de la terre, passe entre les buildings, et s'écrase sur le petit bout de papier que Nemo tient en main, effaçant le numéro de téléphone.

INTÉRIEUR, STUDIO AU BRÉSIL – JOUR

Le Brésilien face à sa cuisinière.

>NEMO ENFANT (OFF)
>Ce Brésilien se fera cuire un œuf au lieu d'être au travail. Il aura perdu son travail dans une fabrique de vêtements parce que six mois plus tôt...

INTÉRIEUR, SUPERMARCHÉ – JOUR

Nemo est dans un supermarché. Il regarde les pantalons, compare les prix.

>NEMO ENFANT (OFF)
>... j'aurai comparé les prix dans une boutique et j'aurai acheté le jean le moins cher...

EXTÉRIEUR, FORÊT DE BAMBOUS – JOUR

Une feuille de bambou sous la neige. Un tas de neige se forme sur la feuille. Un flocon s'ajoute aux autres flocons. La feuille ploie et le tas de neige tombe.

> NEMO ENFANT (OFF)
> Comme dit le proverbe chinois, il suffit d'un flocon de neige pour faire plier la feuille de bambou...

INTÉRIEUR, ATELIER DE COUTURE EN ASIE – JOUR

Un atelier de couture en Asie. Des rangées de machines à coudre, des hommes, des femmes et des enfants assemblent des pièces de vêtements.

> NEMO ENFANT (OFF)
> La fabrication des jeans sera déplacée...

INTÉRIEUR/EXTÉRIEUR, DIVERS – JOUR

Le Brésilien devant sa cuisinière. L'œuf qui cuit. La goutte de pluie qui tombe. Nemo sous la pluie qui regarde le papier blanc.

EXTÉRIEUR, PARC PUBLIC – JOUR

Nemo est assis sur le banc, sous l'arbre : le lieu du rendez-vous. Ses cheveux ont poussé. Il attend. Il regarde défiler les nuages dans le ciel.

          NEMO VIEUX (OFF)
J'ai perdu la trace d'Anna. Je l'ai attendue. Tous les jours.

INTÉRIEUR, CABINET DU PSYCHIATRE – JOUR

Le médecin est face à Nemo vieux.

          LE MÉDECIN
Vous ne l'avez jamais revue ?

          NEMO VIEUX
Qui ?

          LE MÉDECIN
Anna.

          NEMO VIEUX
J'ai parlé d'Anna ?

Nemo est perturbé. Il passe la main sur son front. Il se lève et va à la fenêtre. Il regarde dehors, étonné. De la neige tombe.

> NEMO
> C'est quoi ?

> LE MÉDECIN
> Vous ne savez pas ?

> NEMO
> Non... C'est joli. C'est blanc.

Le médecin ouvre la fenêtre. Nemo regarde tomber les flocons, bouche bée.

> LE MÉDECIN
> Tendez votre bras.

Nemo tend son bras dehors. Quelques flocons tombent dans sa main. Il la retire avec surprise. Il regarde les flocons.

> NEMO
> C'est froid !... Ah oui ! De la neige. Bien sûr. C'est de la neige. Je le savais. Je me rappelle...

INTÉRIEUR, CAR-WASH – JOUR

De la mousse s'étale sur le pare-brise, balayée par une brosse rotative et bruyante. C'est joli. Des jets d'eau écartent la mousse sur les vitres latérales. La voiture avance toute seule, entraînée par la mécanique. Nemo est dans la voiture. Il regarde. Il a l'air d'apprécier le spectacle. Ça le détend.

EXTÉRIEUR, RUE – JOUR

Nemo est devant chez lui, la bouteille de nettoyant pour voiture à la main.
Il frotte consciencieusement les chromes.
Des gens passent dans la rue. Il frotte toujours.
Fin de journée. Il frotte encore.
Élise est à la fenêtre.

INTÉRIEUR, MAISON DE NEMO ET ÉLISE – JOUR

Nemo monte un plateau-repas à Élise. Élise le regarde bizarrement.

NEMO
Tu n'as pas faim ?

ÉLISE
Je n'ai envie de rien. De rien... Qu'est-ce que tu fais demain ?

NEMO
Je crois que je vais en profiter pour nettoyer la voiture.

Élise le regarde avec un peu de crainte.

ÉLISE
Qu'est-ce qui se passe avec cette voiture ?

NEMO
Comment ça ?

ÉLISE
Pourquoi est-ce que tu t'occupes tellement de cette voiture et que tu me laisses toute seule ? Quel est le problème avec cette voiture ?

Nemo la regarde. Il se lève et sort très calmement.

EXTÉRIEUR, RUE – JOUR

Nemo sort du garage, un bidon d'essence à la main. Il avance très calmement jusqu'à la voiture, arrose la voiture d'essence, consciencieusement. Il prend un briquet et y met le feu. Il retourne dans la maison sans se retourner. La voiture flambe.

INTÉRIEUR, CHAMBRE DE NEMO ET ÉLISE – JOUR

Il entre dans la chambre d'Élise qui regarde, stupéfaite, par la fenêtre.

> NEMO
> Voilà, il n'y a plus de problème avec cette voiture.

Élise le regarde un peu effrayée. Elle se recouche. Nemo va voir à la fenêtre. Il est étonné. La voiture est dans la rue, intacte. Il se voit marcher lui-même sur le trottoir d'en face, au bras d'Anna. Il n'en revient pas. Deux ours passent dans la rue. Nemo se retourne vers le lit. Une femme y est couchée. Ce n'est plus Élise. C'est Jeanne. Il la regarde, étonné.

> JEANNE
> Qu'est-ce qu'il y a ? Pourquoi tu me regardes comme ça ?

INTÉRIEUR, CHAMBRE DE NEMO
ET JEANNE – JOUR

Le visage de Jeanne s'approche de celui de Nemo. Ils sont tous les deux couchés dans le lit. Il regarde autour de lui, perdu.

> JEANNE
> Nemo... Est-ce que je prends du sucre dans mon café ? Est-ce que tu peux me répondre ?

Nemo ne sait pas répondre.

> JEANNE
> Tu ne sais pas qui je suis, Nemo. Tu ne m'as jamais regardée. Tu es passé à côté. Est-ce que tu te rends compte que tu me fais mal ?

Nemo a le regard attiré par la télévision. Les nouvelles transmettent des images d'un incendie sur un pont, avec le titre « ARCHIVES ». Des voitures carbonisées, dont une voiture de jeunes mariés qui portait une pancarte *just married*, devenue *just fried*.

> JEANNE
> Le notaire m'a appelée. Il dit que tu m'as donné tout ce que tu as. Pourquoi, Nemo ? Qu'est-ce que tu es en train de faire ?... Nemo...

INTÉRIEUR, HÔPITAL – JOUR

Un bruit de respiration. Nemo adolescent est couché sur son lit d'hôpital, immobile, prisonnier de son corps, relié à des machines. Silence. On sent une silhouette qui se déplace autour de lui.

> NEMO ADOLESCENT (OFF)
> ... Le sol ne vibre pas de la même manière. C'est un autre parfum. Quel âge elle peut avoir ? Vingt-cinq ? Il y a d'autres gens aussi.

Le père de Nemo est assis dans la pièce, abattu. Sa mère entre. Le père la regarde, étonné. Ils sont troublés de se revoir. Ils s'asseyent tous les deux en silence, côte à côte, et regardent Nemo. L'infirmière soigne Nemo.

NEMO ADOLESCENT (OFF)
Reprenons. Les doigts sur le clavier. Main gauche A-S-D-F, main droite J-K-L-M.

INTÉRIEUR, MAISON DE NEMO ET ÉLISE
– NUIT

Dans le petit réduit de la maison de Nemo et Élise, les doigts de Nemo adulte se posent sur les touches A-S-D-F et J-K-L-M du clavier. Les doigts se mettent à taper.

INTÉRIEUR, VAISSEAU SPATIAL – NUIT

Bruit des touches de la machine à écrire. On voit la surface de Mars qui s'approche par le hublot. La fusée amorce son atterrissage. Fumée. Tout vibre. Une lampe se balance...

INTÉRIEUR/EXTÉRIEUR, DIVERS
– JOUR/NUIT

Le balancement du pendule du médecin devant les yeux de Nemo vieux... Des branches se balancent...

Une balançoire... Les trois petites filles... Une ampoule se balance au plafond...

EXTÉRIEUR, GARE DE CAMPAGNE – JOUR

Nemo enfant court derrière le train qui emporte sa mère. Il tend la main vers elle. Le train prend de la vitesse. Leurs mains s'éloignent.

INTÉRIEUR, BUREAU DANS LA MAISON DE NEMO ET JEANNE – NUIT

La main de Nemo immobile au-dessus de la flamme de la bougie. Le son de la télévision est coupé. Les nouvelles locales diffusent les images d'un incendie sur un pont. La photo de Jeanne est posée sur le bureau. Indifférent, Nemo est plongé dans l'obscurité, la main par-dessus la flamme. Il la garde le plus longtemps possible. Il la retire, regarde sa main, sans souffrance. Il a une brûlure au creux de la paume. Nemo se tourne vers la télévision, le son coupé. Un présentateur fait tourner la roue de la fortune. La roue s'arrête sur un numéro.

Nemo ramasse une pièce de monnaie sur le bord de la table. Il l'examine. Avec la pointe d'un couteau il grave dessus « oui » et de l'autre côté « non ». Il la fait sauter la pièce en l'air et la rattrape. « Oui ». Il prend son manteau. Il passe devant l'escalier. Il hésite, tire à pile ou face : « Oui ».

NEMO
Jeanne ! Je vais chercher... des cigarettes.

Nemo sort de la maison en laissant la porte ouverte derrière lui. Il s'éloigne dans la nuit. Quand Jeanne descend l'escalier, il est déjà parti.

INTÉRIEUR, MÉTRO – AUBE

Nemo est debout au bord du quai du métro. Il a les cheveux hirsutes. Il se penche dangereusement par-dessus le vide quand le métro approche. Le métro passe à toute vitesse, balayant ses cheveux. Il garde les yeux fermés. Il reste sans bouger.

Il est assis sur un banc du métro. Il regarde devant lui une affiche publicitaire qui dit : DEBOUT. Il se lève. Il tourne la tête. Il voit une photo publicitaire représentant un homme montrant quelque chose du doigt. Il suit la direction.

INTÉRIEUR/EXTÉRIEUR, RUES ET BUS
– JOUR

Nemo marche le long du trottoir. Il s'immobilise, sans savoir où aller. Un bus s'arrête juste devant lui. Il monte dedans.

Nemo regarde défiler le paysage. Le bus finit par s'arrêter au terminus. C'est l'aéroport.

INTÉRIEUR/EXTÉRIEUR, AÉROPORT – JOUR

Nemo descend du bus. Il regarde autour de lui. Il tire à pile ou face. Il entre dans l'aéroport.

Il erre. Il marche dans les couloirs. Aux arrivées, des gens attendent avec des panneaux.

Nemo observe un homme noir, tiré à quatre épingles, qui porte un panneau indiquant M<small>R</small> D. J<small>ONES</small>. Il l'observe. Il tire à pile ou face. « Oui ». Nemo s'avance vers lui.

L'HOMME

Mr Jones ?

NEMO

Oui.

L'HOMME

Bonjour. Nous avons déjà récupéré votre valise. Vous pouvez me suivre.

INTÉRIEUR, LIMOUSINE – JOUR

L'homme et Nemo sont dans une limousine.

L'HOMME
Vous avez fait bon voyage ?

NEMO
Oui. Merci.

L'HOMME
Je vous conduis à votre hôtel où vous pourrez un peu vous reposer. Le rendez-vous est demain à 15 heures.

Nemo ne répond pas.

INTÉRIEUR, CHAMBRE D'HÔTEL – JOUR

Nemo entre dans une chambre d'hôtel luxueuse. Le garçon d'étage pose la valise et sort. Nemo ouvre la valise. Il en sort un pull-over, le tâte, le passe, se regarde dans le miroir. Il lui va. Il regarde des photos. Une femme inconnue. Il trouve un agenda. Il le feuillette. Il regarde des documents d'identité. Il regarde le visage sur la photo. Il lit le nom : Daniel Jones.

NEMO
Daniel... Daniel Jones...

Il se regarde dans le miroir. Il se coiffe différemment, comme sur la photo d'identité. Le téléphone sonne. Nemo sort la pièce de sa poche. Il la lance en l'air. « Oui ». Il décroche.

NEMO
Allô ?

VOIX AU TÉLÉPHONE
Daniel ?

NEMO
Oui.

VOIX AU TÉLÉPHONE
Tu es fou ? Qu'est-ce que tu fais là ? Fous le camp !

NEMO
...

VOIX AU TÉLÉPHONE
Je t'avais dit de pas y aller ! Ils sont furieux, ils savent que c'est toi ! Tire-toi !

L'homme raccroche. Nemo se couche sur le lit. Il jette la pièce de monnaie en l'air. Nemo met son manteau et sort de la chambre.

EXTÉRIEUR, VOIES DE CHEMIN DE FER
– NUIT

Nemo marche sur des rails de chemin de fer. Il fait sombre. Il s'arrête pour prendre une cigarette. Au loin une locomotive arrive sur lui. Il allume la cigarette.

Il sort sa pièce et la lance en l'air. « Oui ». Nemo remet la pièce dans sa poche et regarde le train avancer vers lui. Une voix le fait se retourner.

CLARA
Vous avez du feu ?

Nemo se retourne. Il voit une jeune femme dans l'ombre, mi-punk, mi-clocharde, son sac à dos à côté d'elle. C'est Clara (la jeune fille morte de la gare). Elle montre sa cigarette éteinte. Nemo lui tend son briquet, sans faire un pas. Le train roule droit vers Nemo. Nemo ne bouge pas. Clara lui montre sa cigarette. Elle attend qu'il vienne. Nemo sort des rails et va lui allumer sa cigarette. Le train passe derrière dans un vacarme assourdissant.

CLARA
Merci.

Elle se met en marche. Il la suit. Au bout de dix mètres :

CLARA
Pourquoi me suivez-vous ?

NEMO
Je ne sais pas.

CLARA
Je n'ai rien à faire avec vous et vous n'avez rien à faire avec moi, vous ne m'intéressez pas. Cassez-vous.

Elle se retourne. Il ne s'en va pas. Elle vient vers lui et l'embrasse.

                CLARA
      Viens chez moi.

EXTÉRIEUR, RUE DANS LA VILLE DE CLARA – NUIT

Une rue déserte. Ils arrivent devant une maison délabrée. Elle cherche ses clés.

                CLARA
     Merde. Mes clés.

Clara vide son sac par terre. C'est un chaos de vieux papiers, d'objets hétéroclites... Elle étale tout par terre sur le trottoir. Nemo rit. Les papiers s'envolent, poussés par le vent. Clara et Nemo essaient de les rattraper. Nemo s'amuse. Clara peste. Une voiture pile pour éviter de l'écraser.

           LE CONDUCTEUR
    Qu'est-ce que vous foutez au milieu de la rue ?

                CLARA
    Vous avez roulé sur mon sac.

LE CONDUCTEUR
C'est pas ma faute. Les piétons, c'est sur le trottoir.

CLARA
Tu me fonces dessus et c'est pas ta faute. Je ne supporte pas les gens dans leur bon droit. T'es le genre qui prévient les flics quand il voit un gamin voler dans un magasin. C'est pas ta faute si après il va en prison, c'est la sienne. Toi tu es innocent ! Tu es du bon côté. Je hais les innocents.

Elle prend une poubelle et elle explose le pare-brise à coups de poubelle.

CLARA
Pardon, c'est pas ma faute ! Saleté d'innocent !

Il démarre sans demander son reste. Clara éclate de rire. Puis pleure en riant. Elle se tourne vers Nemo et le serre dans ses bras.

CLARA
Tu veux toujours bien monter ?

Nemo lance la pièce en l'air. « Oui ».

NEMO
Oui.

INTÉRIEUR, SQUAT DE CLARA – NUIT

Clara et Nemo entrent dans un squat très petit, en désordre. Clara embrasse Nemo.

NEMO
Tu as quelqu'un dans ta vie ?

CLARA
Pas vraiment.

Elle le déshabille, le pousse sur le lit.

INTÉRIEUR, SQUAT DE CLARA – NUIT

Plus tard. Ils dorment. Il fait noir. Un bruit de clés. Ils entrouvrent les yeux. La porte s'ouvre, un homme entre. Il a la trentaine, il porte un blouson de cuir.

CLARA
Merde.

L'homme regarde, interloqué, Nemo dans le lit avec Clara. Nemo n'est pas bien réveillé. Il ne réagit pas.

JULIEN
Qui c'est, lui ? Qu'est-ce qu'il fout ici ?

CLARA
Julien, calme-toi.

L'homme commence à tout casser autour de lui, à renverser les meubles. Clara, nue, essaie de le maîtriser. Julien s'en va, laissant la porte ouverte. Tout est sens dessus dessous. Nemo regarde l'appartement dévasté. Il n'a pas bougé du lit. Il rit. Tout s'est passé très vite. Clara vient se coucher à côté de lui.

NEMO
Tu veux que je m'en aille ?

CLARA
Non, reste, s'il te plaît.

Elle se serre contre lui.

CLARA
C'est quoi, ton nom ?

NEMO
Jones. Daniel Jones.

CLARA
Est-ce que tu m'aimes, monsieur Jones ?

Nemo jette la pièce en l'air. « Non ». Nemo hésite.

NEMO
Oui.

CLARA
Pourquoi tu laisses une pièce de monnaie choisir pour toi ?

NEMO
Elle prend de meilleures décisions que moi.

INTÉRIEUR, SQUAT DE CLARA – JOUR

Le jour se lève. Nemo est réveillé, Clara dort. Nemo jette sa pièce en l'air. Il prend son manteau et sort.

EXTÉRIEUR, RUE DE L'HÔTEL – AUBE

Nemo est face à l'hôtel. Il jette la pièce de monnaie en l'air. Pendant qu'elle virevolte en l'air, une voiture passe devant lui, provoquant un souffle d'air qui modifie la manière dont la pièce tournoie. La pièce tombe sur « Oui ». Nemo entre dans l'hôtel.

INTÉRIEUR, CHAMBRE D'HÔTEL – JOUR

Nemo lit le journal intime de Jones. Il feuillette les pages. Nemo regarde l'heure. Il est 14 heures. Il se

fait couler un bain. Il règle la sonnerie du réveil sur
15 heures.

INTÉRIEUR, SALLE DE BAINS – JOUR

Nemo est dans son bain. Sa tête dépasse de l'eau. Il
attend, immobile. Il ferme les yeux. Il s'endort...

Le réveil sonne. Nemo rouvre les yeux. Il y a un
homme assis en face de lui sur le tabouret, un revolver
à la main. Une bâche en plastique est étendue sur le
sol. Nemo regarde sans bouger. L'homme tire. Nemo
s'écroule dans l'eau qui devient rouge. Le sang rouge se
répand dans l'eau en volutes circulaires qui s'enroulent.

Un autre homme entre dans la salle de bains. Il tient
deux paires de chaussures.

> LE SECOND HOMME DE MAIN
> C'est bizarre. Ses chaussures sont pas de
> la même pointure.

Ils referment le plastique autour de Nemo, emballent
le corps dans la couverture.

EXTÉRIEUR, BOIS – JOUR

Une voiture avec les deux malfrats à bord s'arrête dans
un bois. Les deux hommes sortent le corps du coffre.

LE PREMIER HOMME DE MAIN
Peut-être qu'il a rétréci. Ça arrive en vieillissant qu'on rétrécisse.

LE DEUXIÈME HOMME DE MAIN
Personne ne rétrécit. Ça n'arrive pas. Tu t'es trompé de type, c'est tout.

LE PREMIER HOMME DE MAIN
Il paraît que les cosmonautes rapetissent de neuf centimètres en revenant sur terre, à cause de la gravité ou un truc comme ça.

LE DEUXIÈME HOMME DE MAIN
Est-ce que ce type a l'air d'un cosmonaute ?

Ils finissent par jeter le corps dans un fourré. On ne voit que les pieds de Nemo qui dépassent. Il lui manque une chaussure. Des insectes remontent sur son pied.

Bruit de touches de clavier...

INTÉRIEUR, HABITAT/STATION SUR MARS – JOUR

Les mots EST-CE QUE CE TYPE A L'AIR D'UN COSMONAUTE ? apparaissent sur un écran. C'est Nemo qui tape. Il a une cinquantaine d'années et les cheveux blancs. La cicatrice d'une brûlure marque son visage. Il quitte son ordinateur et se lève. Il porte des semelles de plomb. Sur la table un calendrier indique « 47 mars, 2018 ». C'est un appartement style loft. On entend une rumeur de petits oiseaux au loin. Nemo pousse sur la touche d'une télécommande qui porte le logo d'un oiseau. Le gazouillement des oiseaux s'éteint. Il allume la télévision. C'est le journal télévisé. On voit des centaines de vélos se faire charger par des grues dans des fusées.

> COMMENTAIRE TV
> Les exportations vers la Terre ont pris un retard considérable, et vont de pair avec le retard de denrées en provenance de celle-ci. Grève des nettoyeurs de panneaux solaires sur R-Ville : la poussière risque de causer des coupures d'électricité toute la semaine...

Nemo zappe. Une autre chaîne diffuse des images terrestres en boucle : de l'herbe, des nuages, des rivières. Nemo ouvre le frigo et mange quelque chose d'une consistance suspecte, de couleur verte. Il balaie de la main un peu de poussière rouge sur une urne funéraire posée sur une tablette. Le loft est rempli d'appareils électroniques de mesure qui rappellent la station météo du père. Nemo regarde l'heure. Il prend une liasse de papiers couverts de calculs, la glisse dans sa valise, il y glisse aussi l'urne funéraire et ouvre la porte...

EXTÉRIEUR, HABITAT/STATION SUR MARS
– JOUR

Un désert rouge s'étend devant lui. Nous sommes sur la planète Mars. La station de Nemo est entourée d'antennes paraboliques et d'un champ de panneaux solaires. Nemo s'assied sur la terrasse avec sa valise et attend. Dans le ciel, on voit deux lunes. Une fusée puis une autre décollent au-dessus de lui. Les fusées tracent des lignes blanches de fumée dans le ciel rose. Un taxi jaune s'arrête devant chez lui. Nemo grimpe dedans. Le chauffeur est un Mexicain d'une soixantaine d'années.

> LE CHAUFFEUR DE TAXI
> *Buenos dìas.* À quelle heure tu décolles ?

> NEMO
> On a le temps.

> LE CHAUFFEUR DE TAXI
> Je vais passer par le canyon pour éviter les travaux.

Nemo regarde par la fenêtre. Ils passent dans des rues aux mignonnes petites maisons identiques bien alignées. La terre est rouge et poussiéreuse. Une gigantesque coupole de verre surplombe la ville.

> LE CHAUFFEUR DE TAXI
> Alors, ces calculs ? C'est pour quand le big crunch ?

NEMO
2092. Ceux qui tiennent jusque-là auront une surprise. Un bonus. Un tour gratuit. D'après les calculs.

LE CHAUFFEUR DE TAXI
Il paraît qu'Apfelbaum a arrosé sa pelouse la nuit passée. Malgré le rationnement. Dans une petite communauté, tout finit par se savoir. Faut dire qu'il ne se passe pas grand-chose.

NEMO
Mmm.

Il regarde défiler le paysage. Un champ de panneaux solaires s'étend à l'infini. Un bidonville. Des publicités pour des aspirateurs. Nemo prend l'urne funéraire dans sa valise et ouvre la fenêtre. Il retire le couvercle, sort l'urne au-dehors, dans le vent. La poussière grise se dissipe en une traînée derrière le taxi.

FLASH

Sur un pont, un gigantesque incendie. Un camion d'essence explose. La voiture qui porte l'inscription *just married* est en feu. Élise, en robe de mariée, est prise par les flammes. Nemo essaie de la sortir de la voiture.

EXTÉRIEUR, TAXI SUR MARS – JOUR

Nemo regarde toujours par la fenêtre du taxi. De la poussière grise s'est collée à sa main. Il la frotte. Il a de la poussière sous les ongles.

    LE CHAUFFEUR DE TAXI
  Tu as de la famille qui t'attend ?

      NEMO
  Non. Y a plus rien qui me retient nulle part.

On entend des touches de machine à écrire en même temps, qui suivent sa phrase avec le même rythme, les mêmes hésitations. Nemo rêve en regardant par la fenêtre. Il regarde le ciel, et très loin, là-haut, le reflet d'une petite planète bleue, la Terre.

INTÉRIEUR, MAISON DE NEMO ET ÉLISE – NUIT

Une machine à écrire. Sur le papier viennent frapper les mots PLUS RIEN QUI ME RETIENT NULLE PART. Le ciel étoilé vu à travers la fenêtre. Une petite planète rouge au loin. Nemo adulte est dans son petit bureau à sa machine à écrire.

C'est la pleine nuit. Nemo ouvre une porte et vérifie que ses enfants dorment bien. Il va dans la chambre à coucher et s'assied sur le lit. Il regarde Élise dormir. Il lui caresse doucement la joue. Élise entrouvre les yeux et le voit. Elle se met à pleurer.

              NEMO
     Qu'est-ce qu'il y a ?

              ÉLISE
     Je rêvais de Stefano.

              NEMO
     Ça te fait pleurer ?

Elle s'effondre en sanglots.

              ÉLISE
     Il ne répond jamais à mes messages. Il s'en fout de moi...

              NEMO
     Stefano ?

              ÉLISE
     Je l'aime !

Nemo accuse le coup. Élise continue de sangloter.

              ÉLISE
     Je ne vois pas d'autre explication... à être dans cet état. Ça ne peut être que ça. Je l'aime.

NEMO
Il t'a dit qu'il t'aimait ?

ÉLISE
Il ne m'a pas dit qu'il ne m'aimait pas.

Nemo est stupéfait. Il ne comprend plus rien.

ÉLISE
Je sais, je suis folle. Tous les matins, quand j'ouvre les yeux et que je te vois, je me mets à pleurer... Je réalise que je suis avec toi, et que ma vie est en train de passer.

Elle le regarde et le frappe.

ÉLISE
Mais comment tu arrives à rester aussi calme ? Comme tu supportes ça ? Tu... tu n'es pas humain !

Nemo se met à pleurer. Elle lui touche la main. Il la saisit, il la prend, il la serre contre lui.

ÉLISE
Ça ne va pas du tout... je suis complètement anéantie... je ne sais pas quoi faire... Ce n'est pas ma faute, hein ?... Tu ne vas pas me quitter, hein ?

Il la serre dans ses bras.

> NEMO
> Je ne pourrais pas vivre sans toi.

> ÉLISE
> Je fais du mal à tout le monde. À toi, aux enfants. Ça ne peut pas continuer.

> NEMO
> Ensemble on va y arriver.

> ÉLISE
> Si je reste, vous allez finir par vous noyer dans mes larmes.

> NEMO
> On apprendra à nager.

Élise ferme les yeux. Ils se couchent l'un contre l'autre. Nemo la prend dans ses bras. Elle lui prend la main.

> NEMO
> Je t'aime...

> ÉLISE
> Je t'aime...

INTÉRIEUR, MAISON DE NEMO ET ÉLISE – NUIT

Nemo dort. Élise le regarde dormir. Elle se lève doucement, sans faire de bruit. Elle ouvre l'armoire, y prend des vêtements et fait sa valise.

EXTÉRIEUR, MAISON DE NEMO ET ÉLISE
– NUIT

Sans un bruit, Élise sort de la maison, la valise à la main. Elle s'éloigne au bord du trottoir. Le quartier redevient désert et silencieux.

INTÉRIEUR, CHAMBRE D'HÔPITAL – NUIT

Le journaliste est assis à côté de Nemo vieux qui joue seul aux échecs.

NEMO VIEUX
Tout finit par s'arranger. Même mal.

LE JOURNALISTE
Qu'est-ce qu'elle est devenue ?

INTÉRIEUR, THÉÂTRE/SALON DE COIFFURE
– JOUR

On frappe les trois coups. Les rideaux de scène d'un théâtre s'ouvrent. La scène représente un salon de coiffure. Nemo enfant (sept ans) est assis seul dans la salle.

Sur la scène, Élise est prostrée, assise sur une chaise. Elle a une quarantaine d'années. Nous avançons vers elle jusqu'à voir par la fenêtre les voitures qui passent à l'extérieur. Nous ne sommes plus sur une scène de théâtre. Élise regarde la photo de Stefano. Deux autres coiffeuses travaillent. Un homme entre. Élise ne prend pas le temps de le regarder.

ÉLISE
Bonjour.

Nous ne le voyons pas de face tout de suite. Il a les cheveux gris.

L'HOMME
Pas trop court au-dessus, s'il vous plaît.

Élise est dans ses pensées, un peu triste. Elle ne regarde pas vraiment son client, elle ne voit que ses cheveux. Elle lui fait un shampoing. Elle coupe les cheveux, tirés entre deux doigts. Elle passe la tondeuse sur la nuque. Les cheveux tombent sur le sol. Élise dégage autour des oreilles. Elle fait une ligne nette sur la nuque. Nous voyons son visage. C'est Stefano. Il a fort changé, grossi. Ils ne se sont pas reconnus. Stefano jette un coup d'œil vers la coiffeuse qui travaille à côté. Elle est plus jeune, plus jolie. Élise lui frictionne la tête. Stefano a les yeux fermés. Les mouvements sont étudiés, efficaces. Stefano apprécie. Il ferme les yeux. Élise enlève la cape, passe une brosse dans le cou et sur les épaules.

STEFANO
Me... ci. Ça fe... a combien ?

ÉLISE
Vingt eu... os. Me... ci. Au... evoi, monsieu...

STEFANO
Au... evoi, bon ap... ès-midi.

INTÉRIEUR, MAISON DE NEMO ET ÉLISE
– NUIT

La lettre « r » est coincée sur la vieille machine. Nemo adulte la débloque. La machine tape « r » sur le papier.

INTÉRIEUR, THÉÂTRE/SALON DE COIFFURE
– JOUR

On reprend la scène.

ÉLISE
Vingt euros. Merci. Au revoir, monsieur.

STEFANO
Au revoir, bon après-midi.

Stefano sort. Ils ne se sont pas reconnus. Élise va se rasseoir et retourne à ses pensées. Elle regarde la photo de Stefano jeune. Elle fume une cigarette. Les volutes de fumée dansent dans l'air. Nous reculons. Les rideaux du théâtre se referment.

INTÉRIEUR, MAISON DE NEMO ET ÉLISE – NUIT

Nemo finit de taper à la machine. Il regarde le mur. De l'eau ruisselle lentement le long de celui-ci. Nemo regarde ses chaussures. Ses pieds sont dans l'eau. Il va vers la porte du couloir et l'ouvre. Une trombe d'eau s'engouffre par la porte et le projette en arrière. La pièce est sous l'eau. Nemo n'arrive plus à respirer. Il se débat.

EXTÉRIEUR, SOUS L'EAU – JOUR

La voiture coule sous l'eau... L'eau s'engouffre par la fenêtre entrouverte. Il n'y a plus d'air. Nemo se débat. Des bulles d'air sortent de sa bouche. Il frappe la portière en vain... Ses gestes se ralentissent...

          NEMO (OFF)
Merde... il faut revenir en arrière... Il faut reprendre par le début... Il faut recommencer...

INTÉRIEUR, STUDIO DE TÉLÉVISION – JOUR

Nemo est face caméra. Il présente l'émission scientifique. Il porte la cicatrice d'une brûlure au visage.

NEMO
Pourquoi la fumée ne retourne-t-elle pas dans la cigarette ? Pourquoi les molécules s'éloignent-elles les unes des autres ? Pourquoi la goutte d'encre dans de l'eau ne se reforme-t-elle jamais ?

En arrière-plan, des volutes de fumée filmées au ralenti. Une goutte d'encre se dissout dans l'eau. Un vase se brise au ralenti. Un titre se superpose : ENTROPIE.

NEMO
Parce que l'Univers va vers la dissipation. C'est le principe d'entropie, la tendance de l'Univers à évoluer vers un état de désordre croissant.

Images du big bang. Des galaxies, des constellations.

NEMO
Le principe d'entropie est lié à la « flèche du temps », qui provient de l'expansion même de l'Univers. Mais que se passera-t-il lorsque la force gravitationnelle sera parvenue à contrebalancer la force de l'expansion ? Ou si l'énergie du vide quantique s'avère être trop faible ?

Image de galaxies qui cessent de grandir et qui se contractent sur elles-mêmes. Le système solaire s'immobilise pour repartir dans l'autre sens.

NEMO
À ce moment, l'Univers pourrait entrer dans sa phase de contraction. Est-ce que ce sera le BIG CRUNCH ? Que deviendra le temps ? Va-t-il s'inverser ?

Image d'un vase qui se brise sur le sol, puis, à l'envers, les morceaux se remettent ensemble. La pluie remonte vers le ciel. Un bébé retourne dans le ventre de sa maman. Images d'une horloge, de rouages, d'un métronome.

NEMO
Personne ne connaît la réponse à cette question. Il se pourrait que ce que l'on appelle l'Univers ne soit en fait qu'une partie minuscule d'un cosmos plus grand. Dans un tel schéma, notre Univers ne serait plus unique : il ferait partie d'un MULTIVERS. Différents univers dispersés dans tout le cosmos auraient subi leur propre expansion, chaque bulle du MULTIVERS ayant des propriétés différentes, y compris le nombre de dimensions, spatiales et temporelles. Mais comment imaginer cela ? Comment en comprendre les implications ? Comme Einstein l'a dit, « la chose la plus compréhensible à propos de notre Univers est qu'il est incompréhensible ».

Musique de générique. Les images arrêtent de défiler à l'arrière-plan de Nemo. On rembobine la bande. Le fond s'éteint pour laisser place à un *green key*. Les lumières s'allument. Nous sommes dans un studio de télévision.

   VOIX DANS LES HAUT-PARLEURS
O.K. C'est bon pour aujourd'hui.

      NEMO
Où est Pierre ?

     LA SCRIPTE
Pierre ? Il est parti il y a une heure. C'est moi qui le remplace. J'ai entouré la trois et la quatre.

      NEMO
Je préfère quand c'est lui qui le fait. Je ne veux pas dire que tu n'es pas à la hauteur... mais...

     LA SCRIPTE
Te fatigue pas. Dans la vie, tu n'as droit qu'à une seule prise. Si elle est mauvaise, il faut faire avec.

EXTÉRIEUR, STUDIO DE TÉLÉVISION
– JOUR

Nemo sort du studio tranquillement. Il prend ses clés dans sa poche et les regarde, intrigué. Il ne reconnaît pas le porte-clés. Il y est attaché une pièce de monnaie avec gravé OUI et NON de chaque côté. Nemo démarre. Il croise le cycliste. Il freine et laisse passer le cycliste. Il redémarre. L'horloge de la voiture avance d'une minute.

EXTÉRIEUR, BOIS – JOUR

Lorsque la voiture de Nemo arrive au loin, les oiseaux sont déjà envolés. La voiture continue son chemin. Nemo arrive à la rivière et ralentit. Des voitures de police et des pompiers bloquent la route. Nemo voit une grue retirer une voiture de l'eau. Une voiture qui ressemble à la sienne.
Nemo sort de sa voiture. Un policier l'empêche de s'approcher plus près. Il voit au volant de la voiture le corps sans vie de l'assistant, Pierre.

NEMO
Ça alors !

POLICIER
Vous le connaissiez ?

NEMO
Oui. Il travaillait avec moi.

INTÉRIEUR, ÉGLISE – JOUR

Nemo, habillé de sombre, entre dans une église. C'est l'office funèbre. Un cercueil est devant l'autel, sur lequel est posée la photo de Pierre. Nemo avance discrètement sur le côté de l'église. Il voit la famille du défunt. Il est troublé. Il avance encore un peu. Nemo voit, habillée de noir, la femme du défunt. Elle pleure. C'est Anna. Elle a les cheveux plus longs que dans l'autre vie. Elle a deux enfants à ses côtés.

INTÉRIEUR, ÉGLISE – JOUR

Les gens sortent de l'église et présentent leurs condoléances à la famille. Nemo serre la main d'Anna. Ils se regardent dans les yeux avec un sentiment de trouble.

>NEMO
>Sincères condoléances. J'étais un collègue de Pierre...

>ANNA
>Oui, bien sûr. J'ai vu vos émissions.

Nemo s'en va. Il croise encore le regard intrigué d'Anna.

EXTÉRIEUR, SOUS L'EAU – JOUR

Nemo est sous l'eau, dans la voiture. Des algues flottent autour de lui. Il se débat. Il suffoque, crie sous l'eau... Des bulles s'échappent de sa bouche...

EXTÉRIEUR, RUE DE NEMO ET ÉLISE – JOUR

Nemo se gare devant la maison qu'on lui connaissait dans la vie avec Élise. Un voisin surpris s'arrête pour le regarder entrer chez lui.

INTÉRIEUR, MAISON DE NEMO ET ÉLISE – SOIR

Nemo entre dans la maison.

>   NEMO
> C'est moi.

Pas de réponse. La maison est décorée différemment. Il n'y a trace ni d'Élise ni des enfants. Sur la cheminée est posée une photo d'Élise jeune à côté de l'urne funéraire.

>   NEMO
> Tu as passé une bonne journée ?

Nemo regarde un aquarium dans lequel nagent des poissons rouges. Il regarde les bulles qui montent à la surface.

FLASH

Sous l'eau, des bulles remontent à la surface.

INTÉRIEUR, MAISON DE NEMO ET ÉLISE
– NUIT

Nemo entre dans une sorte de laboratoire. Il y a du matériel partout. Une caméra filme image par image une pomme en train de pourrir. Nemo vérifie. La lumière s'allume toutes les minutes. Il commence la projection sur un écran. On voit une fleur fanée revenir à la vie... on voit des fruits pourris retrouver leurs couleurs... on voit un tas de poussière se gonfler dans un grouillement d'insectes, puis le tas grouillant redevient petit à petit le cadavre d'une souris qui revient à la vie...

INTÉRIEUR, MAISON DE NEMO ET ÉLISE
– NUIT

Nemo mange seul. En face de lui, il a dressé le couvert pour une deuxième personne qui n'est pas là.

Nemo se couche seul dans un grand lit. Il éteint la lumière.

NEMO
Bonne nuit.

Il s'endort.

FLASH. RÊVE

Quelques flashes rapides. Nemo et Élise ont vingt ans. Ils se marient. Ils démarrent dans la voiture *just married*. Ils arrivent sur un pont. Un camion citerne explose. Nemo court dans tous les sens, en portant le corps d'Élise morte, dans sa robe de mariée. Il a le visage brûlé.

INTÉRIEUR, MAISON DE NEMO ET ÉLISE – NUIT

Nemo se réveille. Il porte la cicatrice de la brûlure au visage. Le téléphone sonne en bas. Nemo descend. Arrivé dans le salon, il décroche.

<blockquote>

NEMO

Allô ?

ÉLISE (OFF)
(lointaine)

Nemo ?

NEMO

Élise ?

</blockquote>

Il n'y a plus que la tonalité. Nemo, bouleversé, raccroche. Il retire la fiche du téléphone du mur pour le débrancher. Il remonte l'escalier. Le téléphone se remet à sonner. Nemo s'approche du téléphone. Il regarde la prise du téléphone qui traîne par terre. Il ne comprend pas.

EXTÉRIEUR, RUE D'ANNA – JOUR

Nemo est au volant de sa voiture. Il ralentit en arrivant devant la maison d'Anna. Elle porte le numéro 12358. Il s'arrête. Il voit Anna sortir de chez elle avec ses enfants. Il sort de la voiture.

NEMO
Bonjour...

ANNA
Bonjour...

NEMO
Nous nous sommes vus à l'enterrement de votre mari.

ANNA
Ah oui...

NEMO
J'ai eu une impression étrange en vous voyant... Comme si je vous avais rencontrée auparavant...

ANNA
Ça s'appelle un déjà-vu. Vous devez savoir ce que c'est. Il y a une petite zone

située à la base du cerveau, appelée cortex rhinal. Elle repère les objets nouveaux de l'environnement. Si pendant un instant cette zone est inactivée, tout ce qui est nouveau vous semble familier.

NEMO
Non, ce n'est pas ça... C'est comme si... tout cela n'était pas vrai. Vous devez croire que je suis fou. Excusez-moi, je ne suis pas en train de vous faire la cour... Je suis veuf aussi...

ANNA
Excusez-moi... une autre fois, peut-être. Je... je dois y aller.

Anna monte dans sa voiture. Une voix fait se retourner Nemo.

LE VOISIN D'ANNA
Nemo ?!

Nemo se retourne. Il voit quelqu'un qu'il ne reconnaît pas. L'inconnu paraît être sous le choc.

LE VOISIN D'ANNA
Ça alors, on m'avait dit que tu étais mort !... que tu t'étais noyé...

NEMO
Noyé ?

On entend des coups sourds. Comme des battements de cœur.

EXTÉRIEUR, SOUS L'EAU – JOUR

Nemo est sous l'eau, emprisonné dans sa voiture. Il perd des forces. Un poisson tourne autour de lui et le regarde. Nemo est sur le point de perdre connaissance... Avec ses dernières forces, il parvient à s'extirper par la fenêtre. Il se glisse à l'extérieur, nage sous l'eau. Il voit une lumière au-dessus de lui, une tache lumineuse de forme ovale... Il remonte. La zone de lumière a la forme d'une baignoire. Nemo remonte le plus vite qu'il peut...

INTÉRIEUR, SALLE DE BAINS DE L'HÔTEL – JOUR

... soudain Nemo se redresse. Il est dans son bain, nu, trempé. Il tousse et essaie de reprendre sa respiration.

Il y a un homme assis en face de lui sur le tabouret, un revolver à la main. Une bâche en plastique est étendue sur le sol. L'homme fait feu. Nemo s'écroule dans l'eau qui devient rouge. Le sang rouge se répand dans l'eau en volutes circulaires.

INTÉRIEUR, CHAMBRE D'HÔPITAL (1988) – JOUR

L'électrocardiogramme de Nemo jeune, paralysé sur son lit, prisonnier de son corps. Les aiguilles s'affolent, bougent en tous sens. Les infirmières se précipitent vers lui. Une alarme retentit.

EXTÉRIEUR, PARC PUBLIC – JOUR

Nemo, cheveux longs maintenus par une queue-de-cheval, dort sur le banc, sous le grand arbre. Anna adulte s'approche de lui. Nemo lévite à une vingtaine de centimètres au-dessus du banc. Anna lui touche l'épaule.

Nemo se réveille en sursaut. Il ne lévite plus. Il est couché sur le banc. Anna n'est pas là. Il se redresse doucement. Il regarde l'endroit où il a vu Anna en rêve. Il sort un morceau de craie de sa poche et fait un cercle sur le sol.

INTÉRIEUR, SUPERMARCHÉ – SOIR

Nemo, mal rasé, dans son vieux manteau trop large pour lui, arpente les rayons d'un supermarché, calmement.

Il hésite entre un *danish roll* et un éclair au chocolat. Il les regarde, les sent. Il choisit les deux, va doucement à la caisse et paie...

EXTÉRIEUR, PARC PUBLIC – SOIR

Nemo est assis sur le banc. Il mange en regardant le cercle de craie sur le sol. De l'autre côté de la rue arrive un chien errant, famélique. C'est le chien de Jeanne. Le chien semble le reconnaître, mais Nemo ne le reconnaît pas.

NEMO
Doucement. Qui tu es, toi ?

Nemo se lève. Le chien le suit dans la rue. Nemo se retourne de temps en temps. Le chien le suit toujours. Il caresse le chien, qui lui lèche la main.

INTÉRIEUR, APPARTEMENT DE NEMO – NUIT

Nemo fait rentrer le chien dans son appartement. Il le nourrit.

Le chien dort avec lui.

EXTÉRIEUR, PARC PUBLIC – JOUR

Nemo est sur le banc, avec le chien. Nemo sent l'odeur du sol. Il renifle les murs. Le chien fait comme lui, en le regardant avec étonnement. Nemo repasse à la craie le cercle sur le sol pour qu'il ne s'efface pas. Il se rassied et regarde le cercle. Il ferme les yeux, se concentre.

>   NEMO (OFF)
>   *(appelle)*
>   Anna !... Anna !...

INTÉRIEUR, BUS – JOUR

>   ANNA
>   NEMO !

Anna sursaute. Elle est assise dans un bus. Lentement elle sourit, tout heureuse.

>   ANNA
>   Nemo...

EXTÉRIEUR/INTÉRIEUR, TAXI SUR MARS/MÉGALOPOLE – NUIT

Nemo adulte regarde pensivement par la fenêtre. Ils pénètrent dans une gigantesque mégalopole qui se dresse au centre du dôme.

NEMO
Parfois j'ai l'impression que tout ça n'est pas réel.

LE CHAUFFEUR DE TAXI
Tu peux me croire, le prix sur le compteur est bien...

NEMO
... réel. Je savais que tu allais dire ça. Comme si quelqu'un écrivait tout ce qu'on disait.

Bruit de machine à écrire.

LE CHAUFFEUR DE TAXI
Je te promets qu'on existe. Même si personne ne sait qu'on est là, on existe.

FLASH

Nemo bébé regarde sa maman. Sa maman se cache derrière un drap de lit. Il ne la voit plus, il attend. La maman fait « coucou ». Le bébé rit.

Le taxi s'arrête devant la base de lancement. Nemo ramasse son sac.

INTÉRIEUR, COULOIR DE LA BASE DE LANCEMENT – NUIT

Entouré d'autres cosmonautes, Nemo avance dans le couloir, tout en fermant sa combinaison. Il regarde par un des hublots le chargement de la fusée : des milliers de vélos.

> NEMO
> On transporte des vélos. J'arrive pas à y croire. Pourquoi est-ce qu'on exporte des vélos vers la Terre ?

> UN DES COSMONAUTES
> La main-d'œuvre est moins chère ici. En Chine c'est devenu impayable.

INTÉRIEUR, VAISSEAU SPATIAL – NUIT

Nemo s'assied au poste de pilotage. Il regarde vers le copilote. C'est Anna. Nemo est troublé. Anna aussi. Ils se serrent la main.

> NEMO
> Bienvenue à bord. Je m'appelle Nemo.

> ANNA (OFF)
> Enchantée. Anna. Qu'est-ce qui vous amène sur Mars ?

> NEMO
> Mesurer la distance de la Terre à Mars à son plus grand éloignement. J'étudie le temps. Vous savez, ce truc qui fait que tout n'arrive pas en même temps.

Elle rit. Ils font les vérifications de départ. Nemo regarde Anna du coin de l'œil. Ils lancent quelques phrases de routine. On entend la fusée qui chauffe. Les réacteurs crachent.

> NEMO
> O.K. C'est parti.

Il pousse sur un bouton. La fusée se met en branle, tout vibre. L'équipage se cramponne à ses manettes, écrasé par la gravité. La fusée s'élève dans le ciel. La planète Mars s'éloigne. Les vibrations s'amenuisent.

> NEMO
> Pilote automatique.

> ANNA
> Enclenché.

Soudain le signal d'alerte résonne. Des témoins lumineux clignotent.

> NEMO
> Qu'est-ce que c'est ?

ANNA
Météorites. Elles foncent sur nous.

Ils appuient sur tous les leviers. La fusée accélère et vire de bord. Soudain une pluie de météorites vient frapper la fusée. Nemo serre la main d'Anna. Explosion. Incendie à bord. Un hublot éclate. Nemo est aspiré vers le vide et tente de s'agripper à ce qu'il peut. La fusée explose, en libérant les bicyclettes qui flottent dans l'espace.
Des centaines de bicyclettes noires aux guidons chromés tournoient au ralenti dans le vide, se dispersent vers l'infini, vers les étoiles, sur une musique classique...

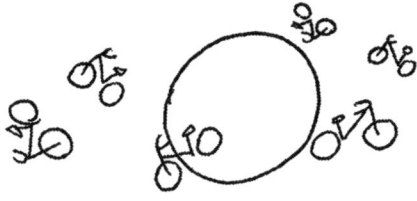

EXTÉRIEUR, SOUS L'EAU – JOUR

Nemo se débat sous l'eau, prisonnier de sa voiture... On s'éloigne, on voit la voiture au fond de l'eau. Des algues se balancent doucement autour d'elle et les poissons se baladent avec curiosité. La radio est restée allumée et diffuse en grésillant de la musique classique. Une photo de famille avec Anna et les enfants, dans un cadre « pense à nous » flotte dans l'eau. On entend les battements d'un cœur qui ralentissent. Soudain l'airbag s'ouvre avec l'inscription GAME OVER.

INTÉRIEUR, HÔPITAL – JOUR

Les aiguilles de l'électrocardiogramme s'emballent. Les infirmières s'affairent. Immobile, paralysé sur le lit, on entend Nemo jeune qui hurle. Ses lèvres ne bougent pas.

> NEMO (OFF)
> *(crie)*
> LAISSEZ-MOI SORTIR...

EXTÉRIEUR, BUISSONS – JOUR

Les pieds du corps de Nemo dépassent du fourré. Les insectes grimpent sur lui.

> NEMO (OFF)
> JE VEUX ME RÉVEILLER !...

EXTÉRIEUR, RAILS DE CHEMIN DE FER
– NUIT

Nemo est debout, immobile, sur les voies de chemin de fer et il regarde sans bouger le train qui fonce sur lui.

    NEMO (OFF)
 Je veux me réveiller !

INTÉRIEUR, CABINET DU MÉDECIN – JOUR

Le pendule du médecin se balance régulièrement devant nous. On devine le médecin, flou à l'arrière-plan.

    LE MÉDECIN (OFF)
 Rappelez-vous le jour où vous êtes arrivé
 ici. Quand je dirai trois...

INTÉRIEUR, SHOWROOM – JOUR

    LE MÉDECIN (OFF)
 ... Un...

Nemo adulte se réveille en sursaut. Nemo remarque une étiquette avec un prix attaché à la lampe de chevet.

Nous sommes dans un immense showroom de chambres à coucher.

EXTÉRIEUR, RUE DU SHOWROOM – JOUR

Nemo sort du showroom. La rue est déserte, pas une voiture, pas un passant. Nemo regarde le sol sous ses pieds. Il y a deux ombres de son corps. Il lève les yeux : il y a deux soleils dans le ciel. Dans le ciel, un petit avion tire une banderole publicitaire. Il y est écrit : DEUX. Nemo s'enfuit.

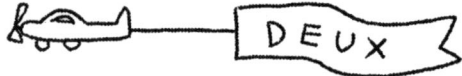

EXTÉRIEUR, RUE DE NEMO ET ÉLISE – JOUR

Nemo court dans la rue qu'habitait Élise. Il s'arrête et regarde. La maison n'est plus là. Les deux maisons qui auparavant étaient voisines de la sienne sont à présent côte à côte. Il reconnaît le voisin qui fait du jardinage. Le voisin le regarde avec suspicion.

> NEMO
> La maison... qui était ici... qu'est-ce qu'elle est devenue ?

Le voisin le dévisage.

NEMO
C'est bien la rue Washington ?

LE VOISIN
La rue... comment ?

NEMO
Washington, le premier président des États-Unis !

LE VOISIN
(intrigué)
Le premier président des États-Unis s'appelait Williams.

Nemo panique. Il regarde le nom de la rue. Il est écrit RUE WILLIAMS et, en dessous, J. WILLIAMS, PREMIER PRÉSIDENT DES ÉTATS-UNIS. Nemo ne comprend pas. Il regarde sa montre. Le cadran est divisé en sept au lieu de douze.

Il passe en courant devant un car-wash. BRUCE WILLIS est en train de sécher les vitres des voitures à l'aide d'une peau de chamois. Nemo s'approche de lui, étonné.

NEMO
Vous êtes Bruce Willis, l'acteur ?

Bruce Willis s'arrête, interloqué.

> BRUCE WILLIS
> Comment vous savez ça ?

> NEMO
> Qu'est-ce que vous faites ?

> BRUCE WILLIS
> Vous voyez bien. Je bosse.

> NEMO
> Mais... vous êtes un acteur de cinéma.

> BRUCE WILLIS
> Vous devez confondre. J'ai été refusé à l'école d'art dramatique. Je travaille dans une troupe amateur une fois par semaine. C'est peut-être là que vous m'avez vu.

Nemo s'enfuit.

INTÉRIEUR, APPARTEMENT DE LA MÈRE DE NEMO – JOUR

Nemo arrive à l'appartement qu'habitait sa mère. Il sonne. Sa mère vient ouvrir. Elle a vieilli. Elle regarde Nemo sans le reconnaître.

> LA MÈRE
> Oui ?

NEMO
Maman...

LA MÈRE
Qui êtes-vous ?

NEMO
C'est moi !

Elle essaie de refermer la porte. Nemo met son pied dans la porte et la pousse vers l'intérieur.

LA MÈRE
Qu'est-ce que vous voulez !
(appelle)
HENRI ! HENRI !

NEMO
Maman, c'est moi ! Nemo, ton fils !

LA MÈRE
Mon fils est ici.

La porte s'ouvre plus grande pour laisser apparaître un homme un peu gros du même âge que Nemo, HENRI.

HENRI
Qu'est-ce qu'il se passe ?

LA MÈRE
Ce type prétend qu'il est mon fils.

NEMO
Ce n'est pas possible que tu ne te souviennes pas.

LA MÈRE
Je ne vous connais pas. Vous êtes fou. Allez-vous-en ou j'appelle la police.

Henri pousse Nemo vers la porte. Nemo et Henri roulent sur le sol, pendant que la mère décroche le téléphone.

INTÉRIEUR, CABINET DU MÉDECIN – JOUR

Nemo adulte porte une camisole de force. Il est assis face à un médecin qui le regarde avec bienveillance. C'est le même hôpital que celui de Nemo vieux. Le médecin lui montre une série de tests de Rorschach, des taches d'encre symétriques sur des feuilles de papier.

NEMO ENFANT (OFF)
Il me demande ce que je vois. Je dis que c'est « une tache d'encre ».

Le mouvement des lèvres de Nemo adulte correspond parfaitement à la voix de l'enfant.

NEMO ENFANT (OFF)
Il dit qu'il faut dire plus de choses. Je dis que c'est une tache d'encre sur une

feuille de papier. Il me dit que non, que je dois dire ce qui me passe par la tête. Le mouvement des lèvres du médecin correspond parfaitement à la voix de Nemo enfant. Nemo regarde un encrier sur la table.

NEMO ENFANT (OFF)
Je dis que ça me fait penser à un encrier. Alors il dit que bon, que ça ne fait rien.

TÉLÉVISION

Des images télévisées de Nemo vieux sur son lit d'hôpital. Dans les rues, les gens sont agglutinés autour des écrans de télévision. Sur les côtés des écrans, on passe de la publicité pour les céréales Big Crunch.

COMMENTAIRE
Il ne vous reste plus que jusqu'à demain pour voter : faut-il laisser le dernier mortel s'en aller de mort naturelle ? Ou faut-il le maintenir en vie ? Votez et gagnez des vacances sur la Lune pour toute la famille.

Images d'une famille dans un centre récréatif sur la Lune.

INTÉRIEUR, CHAMBRE D'HÔPITAL – JOUR

Le médecin est face à Nemo vieux.

          LE MÉDECIN
      Ils nous ont communiqué le résultat des votes. Je suis désolé...

Nemo sourit.

          LE MÉDECIN
      Vous avez peur, je suppose. Tout le monde l'aurait à votre place.

Silence.

          NEMO VIEUX
      À mon âge, les bougies coûtent plus cher que le gâteau. Je n'ai pas peur de mourir. J'ai peur de ne pas avoir assez vécu. Il faudrait marquer en grand sur les tableaux noirs des écoles : « La vie est une cour de récréation. Sinon, elle n'est rien. »

INTÉRIEUR, RÉFECTOIRE DE L'HÔPITAL – JOUR

Nemo adulte est parmi d'autres patients disséminés dans le réfectoire de l'hôpital où il a été enfermé. Il finit son plateau-repas. Sur le coin du plateau, il y a un *fortune cookie*. Il en mord un coin, en sort le petit papier roulé. Sur le papier, quelque chose d'indéchiffrable est écrit. Nemo observe attentivement. Il se lève, va vers la fenêtre. Il place le bout de papier devant la vitre. L'inscription est écrite de droite à gauche. Dans le reflet, on peut lire NEMO. VA-T'EN. Nemo regarde autour de lui, interloqué. Personne ne le regarde. Il regarde par la fenêtre. De l'autre côté de la rue, un homme colle – à rebrousse-temps – une affiche qui porte les lettres MAINTENANT. Le reflet du papier s'y superpose pour former une phrase continue : NEMO. VA-T'EN MAINTENANT. Nemo se lève. Au-dessus de la porte, il est écrit WAY OUT.

EXTÉRIEUR, SORTIE DE L'HÔPITAL
ET RUE – JOUR

Nemo sort de l'hôpital. À son étonnement, personne ne l'arrête. Il marche dans la rue presque déserte. Toutes les voitures sont rouges. Les nuages ont l'air peints à la main. Au sommet d'un bâtiment, sur une enseigne lumineuse, défilent les mots : LISEZ LE NEWPORT JOURNAL. Puis le slogan se change en : JOURNAL NEWPORT LE LIS ,OMƎN (lettrage inversé). Nemo voit le reflet dans une vitre : NEMO, LIS LE NEWPORT JOURNAL.

Un homme portant chapeau se lève d'un banc à rebrousse-temps en y laissant son journal : le *Newport Journal*. Nemo l'ouvre. Son regard est attiré par un article sur un accident. On voit la photo d'une grue qui repêche une voiture d'un fleuve. Nemo parcourt l'article... Il s'arrête sur une phrase, anodine, au milieu du texte : « Nemo, regarde en page 5. » Nemo ouvre la page 5. Il y est écrit : « Retourne-toi. » Il se retourne.

Au bout de la ville se dresse une montagne de roche qui surplombe le paysage. Des énormes lettres sont sculptées dans la roche : NEMO, APPELLE LE 123-581321.

Nemo va jusqu'à une cabine téléphonique. Il glisse une pièce, compose le numéro. Une voix lui répond. Sa propre voix.

NEMO (OFF)

Allô ?

NEMO

Allô ?.... Qui parle ?

NEMO (OFF)

Allô ? Qui est à l'appareil ?

NEMO

On m'a dit de faire ce numéro. Je m'appelle Nemo. Nemo Nobody.

NEMO (OFF)

C'est une blague ?

NEMO

Non, je...

L'autre raccroche. Nemo reste abasourdi au téléphone.
Il compose un autre numéro.

NEMO
Je voudrais connaître l'adresse qui correspond au 123-581321.

OPÉRATRICE
Un instant... Rue Aloïs, 12358.

EXTÉRIEUR, RUE ALOÏS – JOUR

Nemo arrive en courant au numéro 12358, en sueur. Il regarde la maison. C'est la maison d'Anna. Elle est abandonnée. Des planches clouées ferment portes et fenêtres. Il y a des ordures tout autour. Nemo détache une des planches et entre dans la maison.

INTÉRIEUR, MAISON DÉSAFFECTÉE – JOUR

L'intérieur est envahi par la poussière et quelques chats sauvages. La lumière filtre entre les planches. Nemo arrive dans le living, qui ne contient qu'une chaise, une télévision et une table basse. Il s'approche de la table. Il y voit un petit disque bleu. Il le prend, souffle la poussière. Il introduit le disque dans la télévision. Une image apparaît. C'est Nemo vieux, sur un fond neutre, assis à une table, une feuille de papier devant lui. Il regarde l'objectif. À côté de la télévision, une petite caméra se met en enregistrement.

>NEMO VIEUX
>*(sur l'écran de télévision)*
>Bonjour, Nemo. Je suis content que tu m'aies trouvé.

Nemo adulte n'en revient pas, il s'assied dans le fauteuil, bouche bée, et regarde l'écran.

>NEMO VIEUX
>Tout doit te paraître très compliqué. La réalité est beaucoup plus simple que tu ne le crois.
>*(il regarde ses notes)*
>Fais attention, la chaise est fragile.

La vieille chaise se casse sous Nemo, qui tombe par terre.

>NEMO VIEUX
>Tu ne t'es pas fait mal ?

>NEMO
>*(pour lui-même)*
>Ça va.

>NEMO VIEUX
>J'aurais dû te prévenir plus tôt. Mais je ne pouvais pas, à cause du texte.

Nemo vieux montre les feuilles dactylographiées étalées devant lui.

NEMO
(pour lui-même)
Le texte ?

NEMO VIEUX
Le texte de notre conversation.

NEMO
(pour lui-même)
Qu'est-ce qu'il raconte ?

NEMO VIEUX
Ce que je raconte ?

Étonnement de Nemo. Il regarde l'écran, s'approche, regarde autour de lui.

NEMO VIEUX
Allez, dis-le. Ça te brûle les lèvres.

NEMO
Vous... vous m'entendez ?

Nemo vieux regarde le papier qui est devant lui, puis répond :

NEMO VIEUX
Bien sûr que je t'entends.

NEMO
Vous... C'est un... un vidéodisque...

>   NEMO VIEUX
> Un vidéodisque gravé il y a des années. Ce que tu vis maintenant, c'est le passé, du moins pour moi. Je suis toi, avec soixante-dix ans de plus. Tout ce que tu dis, je l'ai dit moi-même quand j'étais jeune. Je suis entré dans cette maison, j'ai vu ce que tu vois. Je n'ai eu qu'à retranscrire le texte de notre conversation. Tout est écrit ici. Chaque parole que tu as l'impression d'inventer en ce moment se trouve sur ce papier.

Il montre les feuilles de papier. Les dialogues sont inscrits dessus. La petite caméra filme la scène.

>   NEMO
> Je n'arrive...

>   NEMO VIEUX
>   *(il lit)*
> ... « pas à y croire ». Dans cette vie-ci, tu n'es jamais né. Tes parents ne se sont jamais rencontrés. Je ne sais pas pour quelle raison.

FLASH

Le père marche sur le trottoir, la mère vient à sa rencontre. Une bourrasque de vent fait se retourner son parapluie. Ils se croisent sans se remarquer.

NEMO VIEUX
Peut-être que ton père est mort quand il avait cinq ans dans un accident de luge.

FLASH

La neige. Un enfant pendant les années 1930 fonce sur un arbre, en luge, et reste inanimé.

NEMO VIEUX
Peut-être que tu fais partie de l'immense majorité de ceux dont le code génétique n'est pas arrivé à destination...

FLASH

On voit un spermatozoïde cesser de bouger et mourir lentement parmi des milliers d'autres.

NEMO VIEUX
Peut-être qu'une de tes ancêtres a succombé à une épidémie de grippe.

EXTÉRIEUR, PRÉHISTOIRE – JOUR

Une femme préhistorique, enceinte, se cache pour ne pas être vue par un troupeau de mammouths. Elle grelotte de fièvre. Elle se couvre de branchages. Elle tremble et transpire. Les mammouths s'éloignent. La femme cesse de respirer. Elle gît, inanimée. Son ventre est rond, un ventre de six mois.

INTÉRIEUR, MAISON DÉSAFFECTÉE – JOUR

Nemo regarde l'écran. Nemo vieux lui parle.

>NEMO VIEUX
>En mourant, une femme préhistorique a effacé une lignée d'humains qui n'existeront pas. Plus de quarante millions, dont tu fais partie. Ce monde est différent. Tu n'existes pas.

Nemo recule, abasourdi.

>NEMO VIEUX
>Si les calculs du cosmonaute sont exacts, tâche de rester vivant jusqu'en 2092, le 12 février, à 17 h 17. Je laisse les calculs sur la table.

L'image de la télévision se brouille. Nemo regarde sur la table quelques feuillets de papier couverts de calculs. Nemo renverse tout autour de lui. Il s'enfuit.

EXTÉRIEUR, RUE – JOUR

Nemo court dans une rue à en perdre haleine. La musique de film devient plus présente. Nemo voit un bus qui le dépasse. À bord, un orchestre joue la musique du film. Nemo les regarde s'éloigner bouche bée. Des ouvriers sont en train de dérouler un énorme rouleau entre les buildings : la route. Nemo entre dans un building.

INTÉRIEUR, BUILDING – JOUR

Nemo entre dans le building. Le bâtiment est creux, vide. C'est un décor fait de plaques de bois maintenues par des poutres en arc-boutant. Un gardien le surprend :

GARDIEN
Hé, vous n'êtes pas autorisé à entrer ici !

Nemo s'enfuit. Le gardien le poursuit, vite rejoint par d'autres gens, des gens de la rue, des ouvriers...

Nemo grimpe l'escalier. Les gens sont à ses trousses, de plus en plus nombreux.

Nemo débouche sur un long couloir qui donne à l'autre extrémité sur une fenêtre. Nemo court. Les gens courent derrière lui. Nemo saute à travers la fenêtre qui vole en éclats.

EXTÉRIEUR, BUILDING – JOUR

Nemo tombe dans le vide, lentement, entouré de milliers de morceaux de verre qui scintillent en tournoyant. Nemo tombe sur le sol, une centaine de mètres plus bas. Étrangement, il ne se fait pas mal. Il se relève, étonné d'être encore en vie. Il regarde vers la fenêtre de laquelle il a sauté. Il se voit lui-même, debout derrière la fenêtre intacte, qui fait un signe « au revoir » de la main. Puis, derrière la fenêtre, les gens le rattrapent et le maîtrisent. Nemo répond par un petit signe également. Une ombre arrive au-dessus de lui, énorme. Nemo voit un gigantesque pied qui descend du ciel et écrase le bâtiment qui se brise en morceaux. Ce n'est plus qu'une maquette. Nemo s'enfuit vers la colline, hors de la ville.

EXTÉRIEUR, COLLINE – SOIR

Nemo grimpe sur la colline, hors d'haleine. La ville est derrière lui, dans la lumière rasante du soleil couchant. Il passe à côté des lettres géantes NEMO, APPELLE LE 123-581321. Arrivé au sommet de la colline, Nemo voit le soleil. Celui-ci est accroché à d'énormes câbles reliés à un treuil gigantesque que des centaines de machinistes actionnent pour faire se coucher le soleil.

FLASH

Sur une machine à écrire, les mots COUCHER DE SOLEIL s'impriment.

INTÉRIEUR, CHAMBRE D'HÔPITAL (2092) – NUIT

Le journaliste regarde Nemo vieux, en silence. Il est abasourdi. Nemo en a terminé. On entend un bruit régulier : la bande est arrivée à la fin depuis un moment, elle tourne sur elle-même, à vide. Le journaliste finit par la remarquer :

> JOURNALISTE
> Excusez-moi, je ne sais pas depuis combien de temps nous n'enregistrons plus. Je... Je dois remettre mon papier demain matin. Tout est contradictoire. Vous ne pouvez pas avoir été à un endroit et à un autre en même temps. Vous ne pouvez pas avoir eu des enfants et ne pas en avoir eu. Vous ne pouvez pas être mort et toujours être là...

> NEMO VIEUX
> Vous voulez dire qu'il faut choisir. Qu'on ne peut pas être à la fois conducteur de trains dans la cordillère des Andes, trappeur en Alaska et cosmonaute ?

> LE JOURNALISTE
> De toutes ces vies, il doit bien y en avoir une qui est la bonne ?

> NEMO VIEUX
> Chacune de ces vies est la bonne. Tous les chemins sont le bon chemin. « Tout aurait pu être n'importe quoi d'autre et cela aurait tout autant de sens. » Tennessee Williams. Vous êtes trop jeune pour connaître.

> JOURNALISTE
> Croyez-vous qu'il y ait une vie après la mort ?

Nemo rit.

> NEMO VIEUX
> Après la mort ?... Comment pouvez-vous être aussi sûr d'être vivant ? Vous n'avez pas encore compris ?

Le journaliste ne comprend pas.

> NEMO VIEUX
> Vous n'existez pas. Moi non plus, je n'existe pas.

Le journaliste ne comprend toujours pas.

> NEMO VIEUX
> Nous vivons tous dans l'imagination d'un enfant de sept ans qui est devant un choix impossible.

FLASH

Nemo enfant court derrière le train.

La voix de Nemo enfant prend la place de celle de Nemo vieux, sur le mouvement des lèvres du vieux.

        NEMO VIEUX
    (avec la voix de Nemo enfant)
  Nous sommes imaginés par un enfant
  de sept ans qui court derrière un train.

Le journaliste se retourne. Il est à la fenêtre du train et voit :

EXTÉRIEUR, GARE DE CAMPAGNE – JOUR

Nemo enfant court derrière le train qui emporte sa mère. Il se retourne, regarde vers son père. Il regarde vers sa mère, hésite. Il se fait dessus. Ses yeux s'ouvrent tout grands. Une série de flashes lui apparaissent... toutes sortes de tableaux rapides qui s'emboîtent les uns dans les autres :

Il regarde vers sa mère : les trois petites filles... le voyage avec sa mère... un train électrique dans l'appartement de la mère... On sort par la fenêtre jusqu'à la plage, avec Anna adolescente... Une photo de la plage accrochée dans la chambre de Nemo lorsqu'il dort avec Anna... On s'approche du visage d'Anna qui ne se trouve plus dans le lit mais dans la voiture qui l'emporte... Nemo adulte qui retrouve Anna... La goutte de pluie qui efface le numéro de téléphone... Nemo dans le studio de télévision qui enregistre son émission scientifique... Anna adulte, au téléphone, entourée d'enfants... Nemo qui roule en voiture... L'accident... Nemo prisonnier de la voiture, sous l'eau, se noie...

Sur le quai de la gare, Nemo enfant se retourne vers son père : une autre série de flashes lui apparaissent... Les trois petites filles... Nemo enfant quitte la gare avec son père... Le père hémiplégique à qui Nemo adolescent donne son bain... La rencontre avec Élise adolescente... L'accident de Mobylette... Nemo adolescent, dans le coma, à l'hôpital... Nemo adulte qui s'occupe d'Élise adulte, alitée... Élise qui fait sa valise et s'en va... Nemo qui vit avec Jeanne... La main posée sur la bougie... le train qui fonce sur Nemo... La rencontre avec Clara... Nemo veuf, seul dans son lit... Anna, veuve... Nemo, cosmonaute dans la navette spatiale... L'explosion de la fusée, les vélos qui flottent dans l'espace... Nemo dans son bain, le coup de feu... Le cadavre de Nemo jeté dans les buissons...

Nemo enfant est abasourdi par ces visions, les yeux écarquillés.

INTÉRIEUR, CHAMBRE D'HÔPITAL (2092) – AUBE

Les murs de la chambre d'hôpital se dissolvent, disparaissent en rayons de lumière. Nemo vieux repousse son jeu d'échecs et se lève.

> NEMO VIEUX
> *(avec la voix de l'enfant)*
> Aux échecs, cela s'appelle le *Zugzwang* : quand le seul coup valable serait de ne pas jouer. Venez voir...

Ils avancent dans un espace dont les murs ont disparu. Ils arrivent à la fenêtre.

> NEMO VIEUX
> *(avec la voix de l'enfant)*
> Comment ça s'appelle encore ?

Le journaliste et le vieux regardent. La mer s'étend face à eux. Des hélicoptères retirent d'énormes blocs de mer en morceaux. Ils démontent la mer.

LE JOURNALISTE

La mer...

NEMO VIEUX
(avec la voix de l'enfant)
C'est ça : la mer. L'enfant est en train de la démonter. Il n'en a plus besoin. Avant, il ne savait pas faire de choix parce qu'il ne savait pas ce qui allait arriver. Et maintenant qu'il sait ce qui va arriver, il ne sait pas faire de choix.

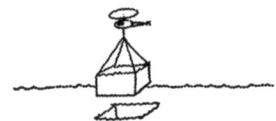

EXTÉRIEUR, GARE DE CAMPAGNE – JOUR

Nemo enfant voit le train qui s'éloigne avec sa mère à bord. Il reste là hébété. Il se retourne vers son père, vers sa mère, ne sachant pas laquelle des deux directions choisir. Puis il se lance perpendiculairement dans une troisième direction : il traverse les rails et court vers la forêt, loin de son père et de sa mère.

EXTÉRIEUR, BOIS – JOUR

Nemo enfant fonce à en perdre haleine entre les arbres. Il s'arrête. Des rayons de lumière percent entre les branches. Nemo ramasse une feuille morte par terre, et souffle dessus. La feuille s'envole, voltige en l'air. Une bourrasque de vent souffle dans le feuillage, emporte la feuille vers les nuages...

EXTÉRIEUR, COUCHES ATMOSPHÉRIQUES – JOUR

... Les nuages changent de forme, soufflés par le vent. Les nuées se déplacent et s'étirent dans les couches atmosphériques...

EXTÉRIEUR/INTÉRIEUR, DIVERS – JOUR/NUIT

La feuille morte posée sur la route juste avant l'accident, là où va passer la Mobylette de Nemo adolescent, s'envole, poussée par un souffle de vent. La Mobylette continue son chemin.

Nemo adolescent est à la plage avec Anna adolescente. Nemo fait ce qu'il n'a jamais osé faire : il l'embrasse sur la bouche.

Nemo, le mari de Jeanne, ouvre la porte de leur maison, de retour. Jeanne et ses enfants le regardent avec surprise. Il leur montre le paquet de cigarettes qu'il a acheté, et ôte son manteau.

Une goutte d'eau se forme dans les nuages et tombe vers le sol. Anna adulte donne son numéro sur un coin de papier à Nemo. La goutte s'écrase sur la chaussure de Nemo.

Nemo adulte attend Anna. Il regarde le cercle de craie sur le sol. Anna arrive au loin. Ils marchent l'un vers l'autre, puis courent jusqu'à se rejoindre dans le cercle de craie. Ils s'embrassent. Ils pleurent de joie. Nous tournoyons autour d'eux.

> NEMO
> Merci ! Merci le vent ! Merci les autos, merci les passants, merci les enfants, merci les chiens, merci !

INTÉRIEUR, HÔPITAL (2092) – JOUR

Le monitoring des pulsations cardiaques se ralentit. Nemo vieux est couché sur son lit, en train de mourir. Il regarde le calendrier digital qui indique « 12 février 2092, 17 : 16 ». Il sourit. La pièce est pleine de caméras. Son image est retransmise sur une multitude d'écrans de télévision. On approche un micro de ses lèvres. Il murmure :

> NEMO VIEUX
> C'est... le plus beau jour... de ma vie.

Nemo se raidit, respire moins fort. Les pulsations cardiaques ralentissent encore.

NEMO VIEUX
Anna... Anna...

Nemo se raidit. Le monitoring n'affiche plus qu'une ligne plate.

L'horloge passe à 17 : 17. Le chiffre des secondes ralentit, freine, s'arrête... L'horloge s'immobilise.

EXTÉRIEUR, ESPACE

Les planètes ralentissent leur course autour du Soleil. Elles s'immobilisent... l'Univers cesse de grandir. Il s'immobilise.

EXTÉRIEUR, RUE – JOUR

Sur Terre, dans les rues, tout s'est immobilisé : le chien figé au milieu d'un saut, les passants immobiles, le pied en l'air, l'eau de la fontaine...

EXTÉRIEUR, ESPACE

Puis, lentement, l'Univers inverse son mouvement. Il se replie sur lui-même. Les planètes se remettent en mouvement dans le sens inverse. C'est le big crunch.

INTÉRIEUR/EXTÉRIEUR, DIVERS – JOUR

Sur l'horloge de la chambre d'hôpital, les chiffres des secondes repartent dans l'autre sens.

Dans la rue, les gens arpentent le trottoir à reculons. Les feuilles mortes remontent vers les arbres auxquels elles se rattachent. La pluie remonte vers le ciel. Le vase brisé sur le sol se reforme en une seule pièce et retourne dans les mains du père de Nemo. La fumée de la cigarette retourne dans la cigarette. Une goutte d'encre diluée dans un verre d'eau rassemble ses volutes. La purée et la sauce se séparent dans l'assiette de Nemo bébé. Dans l'usine de biscuits, le morceau de coquille d'œuf rejoint la coquille, entière. Une machine à écrire efface les lettres sur le papier pour ne laisser qu'une page blanche. Dans une salle d'accouchement, un bébé retourne dans le ventre de sa mère.

INTÉRIEUR, HÔPITAL – JOUR

Le cœur de Nemo vieux se remet à battre. Il rouvre les yeux, surpris. Les journalistes, étonnés, sortent à reculons de la pièce. Nemo rit. Il se lève et arpente en riant le couloir à reculons. Il sort de l'hôpital, à reculons.

EXTÉRIEUR, RUE – JOUR

Nemo marche dans la rue, à reculons, souriant. Il a rajeuni.

EXTÉRIEUR, RUE – JOUR

Nemo adulte regarde le papier sur lequel le numéro de téléphone d'Anna n'est plus lisible. La pluie s'arrache des flaques pour monter vers le ciel. Une goutte d'eau quitte le morceau de papier et l'encre reforme les chiffres du numéro de téléphone. Nemo regarde Anna arriver à reculons. Ils s'embrassent et repartent ensemble, à reculons.

INTÉRIEUR, CHAMBRE D'HÔPITAL
(1988) – JOUR

Nemo est immobile, dans le coma. Soudain, il bouge un doigt, puis deux...

SOUS L'EAU – JOUR

Une bulle d'air descend vers le fond de l'eau et se glisse entre les lèvres de Nemo, immobile dans sa voiture. Nemo se remet à respirer.

EXTÉRIEUR, VILLE – JOUR

Nemo adulte, à rebrousse-temps, colle l'affiche MAINTE-NANT, en face de l'hôpital.

EXTÉRIEUR, RUE DE NEMO ET ÉLISE – JOUR

Nemo adulte, en uniforme de facteur, à rebrousse-temps, glisse l'enveloppe contenant la photo de Nemo et Jeanne sous la porte de la maison d'Élise et Nemo.

INTÉRIEUR, APPARTEMENT DE LA MÈRE – JOUR

Adolescent, Nemo est au pied du lit d'Anna. Le corps de Nemo s'arrache du sol et remonte dans le lit, dans les bras d'Anna. Ils roulent l'un sur l'autre en s'embrassant.

EXTÉRIEUR, JARDIN DE LA MAISON DU PÈRE – JOUR

Le père de Nemo peint les nuages. Les couleurs quittent la toile pour retourner sur le pinceau. Le père termine. Il admire la toile blanche.

EXTÉRIEUR, BORD DE LAC – JOUR

Anna enfant est assise au bord du lac, au bout du ponton. Des cailloux sortent de l'eau pour atterrir dans sa main. Soudain un caillou sort de l'eau juste à côté d'elle. Elle se retourne en souriant. Nemo enfant arrive près d'elle. Ils jouent près de l'eau en riant.

FIN

Photocomposition Nord Compo
Impression réalisée par
CPI BRODARD ET TAUPIN
La Flèche
pour le compte des Éditions Stock
31, rue de Fleurus, 75006 Paris
en décembre 2009

Imprimé en France
Dépôt légal : janvier 2010
N° d'édition : 01 – N° d'impression : 52618
54-02-6319/5